猋風《ひょうふう》

もくじ

犬撃《う》ち

K村へ向かっていた。

道路沿いにつづく砂糖きび畑の合間にときおりタバコ畑が姿を現す。大きな葉のかさなる先端からのびた茎《くき》には薄紅色の可憐な花がついている。

わたしは義弟の運転する車の中で雑談をしながら、二週間前の彼岸のころに酒を飲み交わしたことを思い出していた。

ここ数ヵ月酒座が盛り上がるにつれ、必ずと言っていいほど彼からゴミにまつわる話を聞かされていた。どうにかならないものか、ときおり遠回しに言ってはみるが、なおらない。まるで酔うほどにゴミの中で向かい合って飲んでいる錯覚に陥《おちい》り、いい気分ではなかった。酒座にふさわしくない内容だけに、ほかに話題はないものか、いっそのこと市役所の環境保護課から部署替えにでもなればいいものをとうんざりしていたが、その日は違った。話しているうち、犬の捕獲も手伝う、と言ったのが始まりだった。

昔ならそういう仕事は特殊な人がやっていたのを彼も知っていたのだろう。大学出というプライドもあってか、これまでわたしへ話したことはなかった。

ちょうどそんなとき、網戸の閉まった三階のどこから入ってきたのか、飛び回る蝿が食べさしの刺身《さしみ》へ急降下しようとしたそのとき、箸《はし》を手にしたわたしの右手首がぴくっとして、次の瞬間、ポン、ポン、と蝿を連続的に弾いていた。彼は泡盛の瓶のちかくで仰向けになった蝿を見て目をまるくした。

わたしははっとして、まぐれだよ、と笑って誤魔化した。

それからまた、だらだら続くゴミの話を聞くともなく聞きながら、時計の針が二時を回ったところで引上げた。タクシーを拾い家に帰ると犬の散歩を済ませ、そのまま寝床に入った。ところがなかなか寝つけず、何度も寝返りを打った。しばらくして、突然犬が甲高く吠え、飛び起きた妻はいつものようにやつれた顔で文句を言っていたが、ほどなく寝入り、静かになった。犬が吠えたのは近所の飼い主が放つ、徘徊《はいかい》犬のせいだった。

義弟がときおり手伝うという、野犬捕獲の話題のついでにでたK村。わたしのなかでその村の一つ一つが思い出されしだいに像を結んで繋がっていき、遠い日の記憶が甦りつつあった。その話しにはわたしの記憶の中の村とおぼろげながら重なるものがあった。しかしどういうことかそれはすぐには思い出せなかった。いや、詳しく思い出そうとするのをわたし自身が無意識のうちに避けていた、と言うべきか。

義弟のいうそのK村は、島で一番高い山の中腹をくり抜いたトンネルが完成したことで、そこの村の道からこれまでの裏地区へ通って行けるようになり、現在は頻繁《ひんぱん》な車の往来になっている。

そのころ、わたしのいうその村へは川が立ちはだかり道は細く曲がりくねり奥まったところで行き止まりということもあってかだれも行かない、他の村との交流もない、閉鎖的な村であった。

新しいパソコンに買い換えたという義弟の話に耳を傾けながらも、その夜の話のことをさらに思い出していた。

こんな話だった。仕事がら彼が清掃の件でK村に立ち寄った際《さい》、公民館長の気に入られたのかどうか知らないが、猪の肉を食べさせてくれた。ところが後日猪ではなく犬だったと聞かされ、もっと食べたければいつでもいらっしゃい、とからかわれたという。

そのことだった、わたしが妙に引っ掛かったのは。それで、ぜひ、そこへ連れてってその人へ会わせてくれないか、と頼んだのだった。

カー・ラジオからのクラシックに聴き入っていると、義弟がチャンネルをさっと切り換えた。

むっときたわたしは、ハンドルをにぎる彼へ「犬に関して、いったい、君たちのところへどんな苦情があるんだ」と聞いた。

言葉に多少刺《とげ》があった。

わたしへ目を向けた彼は「群れをなして、養鶏場《ようけいじょう》を襲ったり、仔牛を襲ったりとかも過去にはありましたが、ここ数年はそういうことはめったになく、多いのは女性からの苦情、道路や舗道での排泄物《はいせつぶつ》ですよ」と答えた。

何度も話していることなのか口からすらすら出てくる。

なんだそんな類のことか、とわたしは軽く溜め息を洩らした。

義弟はながれてくる軽快なポピュラーソングに合わせてメロディーを口ずさむ。

その後、しばらく黙っていたが、取り出した煙草に火を付けるのでわたしはウインドウ昇降ハンドルを回した。


風がこめかみの髪をなぶる。

わたしがちょうど小学五年のころだった……。

身体《からだ》の弱いわたしは、N島から転校して来た男の子に苛《いじ》められ学校を休んでいた。

そのことを気にした父がわたしをある村へ連れて行くことになった。

曇っていて風の吹く日だった。畑道や山麓の原野を越えさらに一面のキビ畑を過ぎて、川を下りそれから上っていくと、やがて遠くから眺めるその村には、何かときおり墓場にはためくいくつかの細長い布のようなものが高く風にひるがえっていた。父はそれを目当てに馬を走らせた。わたしの住んでいる村や町とは違い、山から吹き下ろしの風で道沿いの草木がざわついていた。やがてそれが鯉《こい》のぼりだとはっきり見えはじめると木々の間から一つ二つと茅葺《かやぶ》きの民家が目に入ってきた。昼下がりの小さな竜巻の走る道を、鼻の潰《つぶ》れた着物姿の男が村の入口で待っていて、家へ招き、歓迎してくれ、父とわたしへ肉汁を振る舞った。

わたしには久し振りの御馳走で思わず涙ぐんだ。

一緒に肉を食べていて男はしきりに、温まるからと話していた。わたしたちは出掛けがしらに降りだした雨にずぶ濡れになり、ずいぶん冷え切っていたので、食べた後やはり身体が温かくなっていくのを覚えたのだった。

父と男はその後、酒を飲みながら、「支那《しな》ではよく食べていたよなぁ」とか、「しかしお前、まあ、鼻だけで……」などと話し合ったりしていて、男はわたしへ、父と同じように「強い男になれよ！」と酔った目付きで笑いながら声を掛けたりもしていた。

村には子どもの気配がなかった。たぶん一人も見かけなかったのだと思う。変だなと思いながらもわたしはくの字の身体で横になり、かすかにとどくランプの光が壁でちらちらするのを見ながら、これまでのことを思い返していた。どうして飼ってたシロがいなくなったのだろうか、最近までいた母はどこへ行ってしまったのだろう、それにこんなにも離れた山奥の村はいったい何という村なのだろうか。真新しいものではなかったにしろこんなところに鯉のぼりがひるがえっていたのも珍しいことだった。竜巻で土埃の立ち込める道に鼻の潰れた男を見たときにはほんとに驚かされたものだ。どうして父はそんな男を知っているのだろう。いろんなことを考えながらなかなか寝つけずにいた。戸の隙間からは風がひゅうひゅう入ってきていてまるで真冬に逆戻りしたような感じだった。しばらくすると雨まじりの風が壁を打ちつけ始めるのを聞いているうち瞼《まぶた》が重たくなっていき、瞼の裏でシロが飛び跳ねたりしては走って行きときどき振り向いては寂しそうな顔を見せていたが、やがて眠りに落ちていった。

目が覚めると光が戸の隙間や節穴からいくつも差し込んでいた。わたしは振り向くと父が居るのを確かめ、慌てて起き上がった。父と男は黒砂糖の入った器を前にお茶を飲んでいて、辺りにはまだ昨夜の酒の臭いが残っていた。突っ立っているわたしへ父が顎《あご》をしゃくるので、わたしは行儀よく挨拶をした。

そのとき男の顔を間近に見た。

鼻は何かに噛まれたあとのような気がした。

父がいつもと違った表情になる。

わたしは目を逸らした。

男は直ぐさま食事の準備をさせる。竈《かまど》の前で女が背を曲げて薪《まき》をくべ直している。いいにおいがしてくる。確か昨夜は女は居なかったはずだ。小柄で色は浅黒い。女が笑いながらわたしへご飯とお汁《つゆ》にアヒルの玉子焼きだといって差し出してくれた。わたしは勢いよく箸《はし》を動かしながら、昨夜からの旨《うま》い食事にたちまち疲れや嫌なことも吹っ飛んでいくような気さえした。父が何度もわたしを見て頭をこづいた。それを見た男が笑う。思わずわたしも笑みを浮かべた。女は外の流し台で皿を洗いながら空を見上げたりしてなぜか落ち着かない様子だった。そしてときどき笑顔がこぼれるのをわたしはさりげなく見た。

食事を済ませるとわたしは靴を履き、家を一回りした。

近くの山の頂きに薄い雲が掛かっているが、昨日とは違って晴れ渡った空だった。太陽の光がまるで針の束になって身体を斜めから突き刺すようだった。早くも首筋や背中に汗疹《あせも》がでてくるようだった。庭のカンナの葉で蜜蜂くらいのセミが鳴きだし始めた。この草ゼミはいっせいに鳴くのでしばらく耳を傾けていてすこしずつ音のほうへ歩み寄らないと見つけられなかった。いつも一つ一つ摘むようにして掌《てのひら》を籠にしては入れていた。それでも一時間くらいすると汗ばんだ掌の中で精気を失い、飛べなくなった蝿のように這いずりまわる。今年はいつもより鳴きだすのが遅いと思っていたが、此処《ここ》では鳴いている。わたしは馬に乗ったときの股ぐらの痛みを堪えて屈んだまましばらく間近に見入っていた。

家の裏には不思議なことに豚小屋がない。便所の近くの物置小屋は蝶番《ちょうつがい》がゆるんでいて戸が半開きになっている。牛小屋の側には堆肥《たいひ》が積まれていて、差し込んだ光のなかで煙のように湯気を立てている。横倒しになった鋤《すき》をまたいで歩き、南向きの家の本引き敷居に軽く尻を下ろして辺りを眺めた。右手には井戸が、その近くに大きなガジュマルの木と福木が数本、それから南へはいくぶん段差のある広場があり、ちょうど屋敷とおなじくらいのその内側には竹で編まれた楕円形の垣が巡らされている。

ちらっと空を見上げると、山の向こうから灰色の雲が疾い速度で姿を現しはじめた。

さきほどまでいた女の人はどこへ行ったのか見当たらない。

井戸端の近くの水溜まりでなにやら飛び跳ねている様子なので腰を上げ、見に行った。すると一足飛びに蛙が草むらへ姿をくらませた。隣の浅い水溜まりには脚の生え出したオタマジャクシがたどたどしく跳ねている。わたしはそれを草の葉で掬《すく》って掌に乗せるとじっと見た。オタマジャクシはしきりに尾びれを振った。これがやがて太股の筋肉逞しい蛙になるとは考えられないくらいだった。

そのとき父がわたしの名を呼んだ。

わたしは素早く父の後についていった。

先ほどの物置小屋から男が棒を取り出している。男が中から持って来ると父が受け取る。突っ立っていると、父が井戸端まで運ぶように言った。わたしは二三本抱き抱えるようにして運ぶのを繰り返した。それを男が半鐘の下がったガジュマルの根もとへと移動したあと、ガジュマルの木からいくらか離れた福木から福木へ、わたしの胸部くらいの高さに渡した竹竿を縄できつく縛り始めた。棒は使い古された鍬の柄を手ごろに切ったものであったが、どれも先端部分に黒いタールのようなものが付着していた。

太陽はカッとしてさらに光を増しはじめている。

普段なら茅葺きの軒下で雀がせわしく飛び回っているはずなのにどうしたのだろう。それに桑の木でも鵯《ピーサー》が喧《やかま》しく鳴くのに一羽もいない。

あまりにも静か過ぎるのではないか。

わたしは頭の後ろに手を組んでぼんやりしていた。

と、カラスが井戸の滑車《かっしゃ》止めの梁の上に飛んできてぴょんぴょん跳ねた。それを眺めていると父が呼ぶので振り返って歩いた。

わたしのところへ歩み寄っていた父が身を屈め、これからおもしろいことが始まるが見たくなかったら家の中にいろ、と耳元で囁《ささや》いた。わたしがその言葉の意味を呑み込めないで父を見つめたあと、太陽を背にした男へ視線を向けると、表情は読み取れないが黒ずんだ顔でなにやら含み笑いをするように歯を見せニッとした。

そのとき、近くで鐘が打ち鳴らされ、遠くから銅鑼が鳴り響き、犬の啼き声がしてきた。いつの間にか地下足袋に脚絆《きゃはん》を巻き軍人のようなきりっとみちがえった男が応えるようにガジュマルの半鐘を盛んに打ち鳴らした。

わたしはびっくりして後ずさりした。

やがて人々のざわめきが聴こえ、首から縄をかけられ啼き叫び後ろ脚を引きずる濡れそぼった犬を力任せに男たちが引き連れてきた。

女の人たちも後から付いて来る。手にはバケツを下げたり、金盥《かなだらい》を抱えている。たちまち家の前は男や女たちそれに老人たちを含めて四十人余りの人で溢れかえった。男や女たちは犬の交尾を済ませてきたことを上擦った声で話し合っている。

しだいに大きくなっていく雲に青空が半分くらいに狭まりつつあった。

男たちが鼻の潰れた男を副会長と呼び、挨拶を交わし合っている。二十頭くらいの犬は福木に固定された竹竿へ括りつけられる。女たちがガジュマルからいくらか離れた桑の木陰へ茣蓙《ござ》を敷く。そこへ副会長が頭をぺこぺこ下げながら腰を低くして、白髪頭の部落会長を茣蓙へ導き座らせる。女たちが徳利《とっくり》と盃《さかずき》のお膳を差し出す。会長の側へ男と父が陣取る。その周りへ部落の男たちや女たちが思い思いに座る。

わたしはいつの間にか前へ歩み寄り桑の木の辺りまで来ていた。前方には楕円形の竹垣をめぐらせた広場がある。

空は完全に雲に覆われた。

副会長が福木近くの男へ合図を送る。

男が縄をほどき茶と白のぶち犬を引き連れてくると竹垣を開けて放った。

すると、女たちが立ち上がり、スカートを捲くり腿のあたりでパンツのゴムの内側に挟みこみ、駆け降りて行くと、何ヵ所かに積まれた小石の山から石を掴み、犬めがけてつぎつぎに投げつけた。興奮したわたしは思わず竹垣へ近づいた。

初めのうちはなかなか当たらなかったが、そのうち当たりだすと犬は悲鳴を上げて逃げ回った。それを見ると女たちは活気づき、投石を繰り返した。逃げまどう犬が片隅で身を屈め、あの玉子焼きのおばさんを睨《にら》み付けると、一気に駆け出し、跳びかかった。犬の突撃で竹垣がぐらつき、のけ反ったおばさんが引っ繰り返って尻餅《しりもち》をついた。それを男たちが腹を抱えて笑い転げた。鼻面を打ちつけ仰向けになって白い腹を見せた犬へおばさんの右手にいる女が石を投げた。犬は啼き声を上げ奇妙なかっこうで飛び跳ねる。股間《こかん》を撃たれた犬はまるで脚へスプリングの付いた靴を履かせたみたいだった。今度は女たちが笑い転げた。

おばさんや女たちが高ぶった声であれこれ喋り始めているうち、男たちによって柵の中の犬はいったん外へ引きずり出された。

ぱらぱらとわずかに雨粒を落とした雲が瞬く間に遠くへ流れていき、太陽がふたたび姿を現し、春とは思えない眩しい光を辺り一面に投げかけだした。

やがて、父の側に座っている副会長が立ち上がり、他の男に合図をした。すると素早く茶筒《ちゃづつ》をもった男が来て、それから三四人の男が順に茶筒の中に手を入れ、なにやら取り出す。それぞれ四角い厚紙に書かれた番号を食い入るように見ている。鼻の潰れた副会長は九番だと叫んだ。男たちの顔を覗き込んでいて、さらに大声で名前を呼んだ。当たったのは書記と呼ばれた男だった。

獰猛《どうもう》な犬が竹垣の柵の中に放たれる。

ガジュマルの根もとに立ててあった棒が男に手渡される。男の手が震えている。副会長が垣戸を開け男の背を促すように押し入れたあと、閉めた。シェパードに似た犬が吠えながら男に近づいていく。自棄《やけ》になった男は及び腰で片手のまま棒を振り回した。犬は身を屈めると男に跳びかかった。男はさらに棒を振り回す。すると犬の前脚に当たった。まったく運よくという感じだった。勢いづいた男はここぞとばかりに啼いて片隅に逃げていく犬を追っ掛け、さかんに棒を振り回した。柵の陰に身を縮こまらせているが、すでに犬が態勢を整えているのはだれの目にも明らかだった。ところが犬など見ない男はここで勝負に出ようと考えたのか、左手を右手へもっていき棒を両手で握りしめると振り上げ一撃の構えに転じた。その隙に犬が跳びかかって腕に噛みついた。みんなはいっせいに立ち上がる。書記の腕から血が吹き出すと同時に、棒がこぼれ落ちた。犬は噛んだ腕をいったんはずした。後じさりする男は犬の攻撃から身を守るように顔の辺りで両手を交えた。血の滲んだ犬の口が大きくひらく。むきだしになった牙《きば》は太陽の光にぎらつく。犬は男の喉元を睨んでいる。怯えた書記の顔が大きくゆがんだ。犬が跳びかかった。

そのときだった。柵をひらりと飛び越えたあの鼻の潰れた副会長の棒が空を切った。犬の短い悲鳴が鋭く響く。辺りがしばらく静まったあと、拍手が沸き上がった。溜め息と興奮の治まらない場内の中央で仁王立ちになった男は福木へ向かって手で合図をした。

すぐさま三頭の犬が放たれた。

犬はそれぞれ低く唸りながら男を囲んだ。

男は犬を睨んだままつかつかと歩み寄り、犬へ攻撃の態勢をとらせないまま、瞬時に、さっ、さっ、さーっ、と三角線を引くように素早く動いた。上から振り下ろした棒を頭へ、それを横に返して顔面へ、さらに下から上へと顎《あご》を打ち砕き、ふーっと荒い息を吐き、棒を放り投げた。三頭の犬は目を剥《む》きぴくついたまま口から血を出し横たわった。立ち上がった人々からさらに大きな拍手と指笛がしばらく鳴り止まなかった。

ぎらぎらする太陽に照らされた鼻の潰れた男の殺しは手慣れたものだった。

男は頑強な肩をゆすり、腕を押さえている書記を見ると節くれだった手をゆるめて笑った。

その後三人の男に父も加わり犬撃ちをやった。書記ほどのヘマはなかったがかなり手こずっていた。だがそれはそれでみんなは楽しんで見ているようだった。

男たちが息絶えた犬の後ろ脚を掴んでは引きずっていき、片隅に積み上げられた藁で焼いたあと、女たちのいる木陰で、二人の男が、褐色の粘土細工を大きくしたような犬の、首や脚を切り落とし、解体していく。ちゃかちゃか光るたくさんの包丁から湯気がほそくまいあがる。それを女たちが聞いたことのない言葉で雑談を交わしながら笑っては、細かく切りわけて盥《たらい》やバケツに投げ入れていた。

みんなから離れたところのブランコのそばで腕に包帯を巻いた痩せた書記は涙をためた目でうなだれていた。若い女たちは書記に意外な弱さを見たのか、だれ一人として声を掛けようとはしなかった。

わたしは父から、見たくなかったら家の中で隠れていろ、と言われていたが、一人ぽっちであったのと、縛られた犬と、家々に残された犬が喧しく吠え立てるのに何かしら異様な雰囲気を感じとって、その一部始終に目を凝らしたのだった。

竹をきつく掴んだときの節跡が掌に残っていた。

子どもたちが一人も居なかったのは、その日が子どもの日で、前日から二日がかりの遠足を兼ねて町へ行っていたからだった。

犬の解体が済み、みんなが帰ったあと、わたしは茶筒の籤札《くじふだ》を床にこぼしたり入れたりしていて裏に色が付いているのを見て、一つ一つ組み合わせていくと、それは色鮮やかな暦の台紙で、一堂に集った七福神の絵になった。

ふたたびわたしは茶筒に札を戻しては飽きもせず、一人で籤を引いて遊んでいた。

今でもピンク色の際立ったあの絵が甦ってくる。

その村から帰ってきたわたしは何故か自分でもおかしなくらい、毎日のように興奮していて、棒を持って歩き回るようになっていた。寝るときですら棒を離さなかった。わたしは三四種類の棒をさえ用意した。しかし、友だちはこれといって気に掛ける様子はなく、いつものようにわたしと遊んだ。

そんなわたしの変化をだれよりも喜んだのは父だった。

一晩泊まり、翌日の昼過ぎにその部落をあとにしたのだが、義弟の話をきっかけにして、なぜか春先の小さな竜巻で砂塵《さじん》が舞い上がって霞《かす》んでいたその村のことが思い出されてならなかった。

K村へ着いた。

十字路の左手にある小さなスーパーの自動販売機の近くに車を停める。わたしはドア越しに辺りへ目をやって、ドアハンドルを回したあとドアを開けると車の外へゆっくり足を踏み出した。フェンスに囲われた高台の建物の側の大きなデイゴが路面へたくさんの花びらを散らしている。肥り気味な義弟とわたしは移民部落であるK村をゆっくり歩き出した。

四十年前とは違いほとんどがコンクリート造りだった。そのときの村と重ねるには何もかもが変わっていて、一つとして確かなものはない。ところが犬だけはたくさんいるようだ。道を歩いていると数頭の犬がわたしたちを珍しいものでも見るようにふと立ち止まる。見事に開墾《かいこん》された一面の肥沃《ひよく》な平野には砂糖きびやパイナップル畑が広がっていて、しだいに視線を移していくと遠くの森の切れ目からわずかに海が眺められる。それに目の前に聳《そび》えるごつごつした山並みの連なる記憶はいくらか曖昧《あいまい》だが、あのときの荒ぶれ男を感じさせるにはじゅうぶんだった。

義弟の差し出した缶コーヒーを立ったまま飲みながら、これまでとは違って逆回りをしながら、ゆっくり風景を眺めなおした。

「義兄《にい》さんみたいに絵が描ければなぁ。仕事のほうはそのうち見つかりますよ……」

風景を眺めながら話し掛ける義弟へ笑みを向けたあと歩きはじめると、ふと或る民家の軒下で仔犬たちが乳を吸っているのに出くわす。五六匹の中へ痩せた一匹が懸命に割り込もうとするがなかなか叶わないので、諦《あきら》めたようにうなだれうずくまる。足を止めそれに見入っていると、やがて義弟が歩きだすので後を追った。しばらく歩いていくうち、いつの間にか一回りしてデイゴのある公民館の近くに来ていた。コンクリート建てに赤瓦葺《あかかわらぶ》きの洒落た公民館を門の辺りから眺めていると、草の伸びた中庭に溶接をした継ぎ足し式のポールが三本横たわっていた。

「鯉のぼりの準備か、懐かしいねえ。それにしてもあっという間だねえ。下の男の子がもう高校二年生だもんなあ……」

そこまで話し掛けると、義弟は口を閉ざした。わたしに子どもがいないからだった。


父はわたしに、強い男になれ、としきりに話した。

その村から帰ってしばらく経った、ある日のことだった。

N島から転校して来た嫌われ者の子がいた。彼の服は襟首《えりくび》が破れボタンがとれていた。なにしろ手に負えない奴で休み時間になると何時《いっ》も廊下で喧嘩をする。学年で一番といわれる強者で、だれかが挑んだりしたがいつも惨めな結末に終わっていた。彼には先生でさえ手を焼いていた。

例によって友だちが殴られているとき、近寄って行き、わたしは彼を睨んだ。彼は蠅でも見るようにして、ニヤッと笑った。それがみんなの見た彼の最後の笑いだった。わたしは鞄《かばん》から取り出した瓶のような小型のこん棒で、その笑ったままの顔面をめった打ちにしたのだった。たちまち血が飛び散った。周りの友だちはびっくりしていたが、それからしばらくして怒濤《どとう》のような喝采《かっさい》がわたしに浴びせられた。そのことは学校中の評判になった。六クラスある学年のだれ一人としてわたしを非難するものはいなかった。先生もよくぞやったと褒めたたえ頭を撫でてくれた。それもそのはず、だれもが彼に一度は殴られていたからだった。またなによりも隣の島から来た余所者《よそもの》に振り回されているというのがみんなの不快感を募らせてもいた。

しばらくわたしは英雄扱いだった。

ところが分からなかった。棒を持ってなければわたしが彼に敵《かな》うはずはなかった。そのことはだれもが承知していることなのにまったく腑《ふ》に落ちないことだった。当然のことわたしは彼の仕返しに備えて棒をさらにこさえていた。なにしろ小柄なわたしはこれまで弱い部類に入っていた。思ってもみないわたしの咄嗟《とっさ》の、常軌《じょうき》を逸《いっ》したその行為にみんなは震え上がったらしかった。わたしはただ夢中で撃ちつづけただけだったが、ひとつ間違っておれば彼は死んでいた。みんなが感じたように、わたしのその殴り方に子どものやり方ではない一種の凄味《すごみ》があったというのか……。

その後の彼は尻尾を巻いた犬どころではなかった。ひん曲がった鼻で、正気を失った顔になり、休み時間になっても教室で縮こまっていた。

彼に苛められて学校を休んでいたのがまるで嘘のようだった。

その彼が一人で泳いでいて溺れ死んだ。

泳ぎは得意だったという彼のことが話題に上がった。ところがしばらくするとそれさえ忘れ去られていった。

歩いていてふと立ち止まった。

民家でブランコに乗った子どもがはしゃいでいる。

見ていると、一瞬、ブランコのロープが消えて空中で風と遊んでいるように見えた。また、その見えないロープがほんとに切れてしまうとその子はどこか違う遠くの世界へ手繰《たぐ》られていくようにも思えてならなかった。

その村から帰った直後とは違い、その後は成長とともにいつも裏座へ籠《こも》りきりのわたしは父との間に溝ができはじめていた。

それにわたしが中学に入ったころに父は、ケタはずれに若い女を家に迎えていた。

依然としてわたしが小柄で痩せた病気がちな子どもであることに変わりはなかった。

そのころのわたしは友だちとは遊ばなくなっていて、夜中になると裏座から抜け出し、決まって町や他の村とか野山を一人でほっつきまわるようになっていた。

酒好きな父はその後脳梗塞《のうこうそく》でこの世を去っている。

義弟の後から歩く道の両側にたれて咲いている仏桑華《ぶっそうげ》がまぶしい。

義弟の紹介する公民館長の家へ伺う。

少しばかり開いた玄関から、義弟が声を掛けてみたが応答はなく、家の中はしんと静まり返ったままだった。

ふたたび声を掛ける義弟にまかせて、振り返ったわたしはたちまち幼いころのあの日を思い起こすかのように広い庭を眺めた。剪定《せんてい》された黒木の根もとには日々草や金盞花が咲いている。そこにガジュマルの木があり、枝から半鐘が吊るされてあって……その向こうの南に楕円になった竹垣の囲いがあって……あちらの、ところどころに小石の山があって……さらにあの辺りにはブランコがあって……。

しかし、わたしの目には、ブロック塀の南側に二階のコンクリート建ての家が立ちはだかっているだけだった。

しばらくして、家の裏で物音がして、作業服を着た目の大きな男がひょこひょこやって来ると義弟を見るなりしきりに頭を下げ、首に掛けたタオルをとり手を拭く。肩幅があり胸板の厚い男へ義弟が紹介した。男はわたしを見ると、目を細め「いつも義弟《おとうと》さんにはお世話になっています」と愛想笑いをして、家の中へ入れ、急いで台所から、さんぴん茶の大きなボトルと重ねたコップを一つに抱き抱えてきて、それぞれにたぽたぽ弾かせながら入れると義弟へ顔を向けた。

義弟はあの日の肉の美味しかったことを話す。男は笑い、冷蔵庫を指さし「まだ有りますよ」と応えた。

さり気なく周りを見回す。門構えや庭木のわりに家の中は比べようもないほど質素で、仏壇を中心とした部屋から長押《なげし》の上には製糖工場や農協、それに公民館からの賞状が一巡りするくらい掲げられている。男が話すには、話題に困ったときそれを見るといくらでも話が出てくるということだった。そう言われてみればそうかもしれない。賞状に刻まれた文と日付はある意味でその家の歴史ともいえる。裏座に当たる部屋の板戸が開いているが暗くて中は見えない。

頷《うなず》きながら、義弟とやりとりする男の世間話をあれこれと聞いていて、意を決したわたしは、遠慮がちに、幼い日に見た籤のことを話すと驚いた表情をあらわにして、この村でもそのやり方で行っているのだと言った。

わたしはいくらか早口になってそのN島訛《なま》りの男に訊ねていた。

「今でも、鯉のぼりの、いや、子供の日にやってるんですか」

「ハイ、昔と変わらず、その日にやってるよ。いつだったか、なんだらかんだら言ってた学校の先生や教育委員会の方々もウチのところへ来てその肉を食べながら一緒に酒を飲んで帰りましたなあ。いつもだれでもそうさ。ウチに話したから役目は果たしたという感じさ。だから、まあ、何といいますか、その、それは、子どもの居ない日にやってはいるんですが、犬撃ちを嫌いだと言う村の人もこれだけは黙認のかたちですなあ。昔のことらしいですが、だれだったか、それが、犬撃《いぬう》ちが嫌で村を出ていった男が一人いるとのことらしいですなあ。アガイ、まったく、何でが」

男が言うには、五十五年前に自由移民でN島から来て村建てをしたときから犬を食っているということだった。他の移民部落が旱魃《かんばつ》で寂れたり廃村になっていったりしたのにこの村だけが人口も増え、栄えているということだった。

　また戦後入植当時のマラリアや猪《いのしし》による被害のときはもちろんのこと、特に三十年前の大きな台風の年は、みんなしてよく食べたといい、その後、竹の皮の面《めん》を被ってやったり、目穴の空いたメリケン粉袋を被ってやったり、暦の厚紙で作ったものでやったりだった、と村の成り立ちを交え幾らかの犬撃ち変遷の様子を話してくれた。

　そのとき、どういうわけか突然頭がズキンとして哀れな啼き声が耳の奥から甦った。

　わたしの目を見つめていた男はふたたび話しはじめた。

「村の団結のためにはそれはとってもいいですよ、アイ、最高さ。来年からは木で彫った面を被ってやります。他の村にある赤とか黒のあんな大きなもんとは違うよ。それは、近いうちやる移民五十五周年記念の祝賀会に間に合うように注文してあるから、面が届いたらアンタの義弟《おとうと》に連絡するさ。そのとき、二人でまた見に来なさいよ」

　わたしは軽くお辞儀をした。義弟に対する顔付きや言葉づかいとはやや違うが意外とあけすけに語りかける。たぶん歳はわたしといくらも違わないようだった。

「あのねえ、今はさあ、トンネルのせいか車の通りも多くて、犬を捨てるのには上等の場所になっているはず。ウチらの村のことをみんなが犬捨て村とかいっているらしいですなあ。しかしいいんですよ、そんなふうに呼ばれていても。ウチらは何も気になんかしないさ。アイ、悪くはないさ、むしろいいことさ、アバ。ウチらはそれを拾い、残飯をやって、養ったりもしているんだからさあ。だから犬《イングワー》は増えていって、肉にも不自由しないさ。外国、どこだった？　狂牛病とかいうもので騒いでいるでしょ。これ、やがては日本、いや、沖縄まで、もう来てるんでしょ。あっさ、こんなときに、馬鹿馬鹿しい話さぁ」

しばらく間を置き、一息付くと、義弟とわたしを交互に見ながら話しはじめた。

「だが、クスリだといってよく食べた、あのころの、島犬《シマイングワー》、あれはもうかんたんには手に入らんよ。それよりかわけの判らない種《たね》で大きくなるものや、脚の長いものとか、肉にもならん綿のようなふさふさした人形みたいなものまでキビ畑で見つけるさ。アガイ、気違い、情が無い、だから冷たい《ヒジュルー》さ。此処《ここ》の人はもとから飽きっぽい人種でウチらみたいなもんとは違うんかなあ。昔からそうさ。食うのに困らないのか、とにかく気位《きぐらい》だけは高く、見栄っ張りで、ウチなんかからすれば羨ましいほど恵まれていたさ。そう、なにしろ詩の邦《くに》歌の島ですからなあ」

皮肉めいた男の話を聞きながら溜め息を付いたあと、幼いころわたしも食べさせられていたことを考えると苦笑いをした。

男の家へ来てこれまで仕事に関わる話をしなかった義弟が、ふっと喋り出した。

「そうですよねぇ。茶色の島犬《アカインナー》どころでなく、とにかく昔のシマーの雑種さえほとんどみかけませんよ。琉球犬《トゥラー》は雑種でも毛の模様とか性格を残していますが。それほど洋犬の遺伝子は優勢なんでしょうか、それとも時代とともに好みも変わっていくんでしょうかねぇ。しかしペットとしては住宅事情との絡みもあることだし。そういえばわたしたちの子どものころ、アメリカーたぁの連れて来たシェパードに人気が集まった時期がありましたよね。そしてその後はシェパードとシマーとの雑種犬《マンチャー》がたくさん町を徘徊していましたが……。ところがね、ちょっと話しは変わって猫のことになりますが。猫の苦情もわたしたちのところにあるにはありますが、現行の法律では放し飼いでもいいんです。例え糞をしても余所の家へ侵入してもね。おかしいといえばおかしいですよ。だから猫好きな人は優遇されてもいるわけですよ。あとあとはどうなるか分かりませんがね。この、猫なんですが、犬に比べると不思議と昔から変わらない虎毛に白の顔かたちのものが多いんですよ」

「そうかも分からんさ。だあ、いつだったか、ここで民放が映るようになって観ていたとき、テレビでやってたさ。野良猫に困らされている老人が猫を餌でおびき寄せて捕まえてから、大きいワイヤーペンチで脚を一本切っていて、アガイ、これがまた一回ならあまり目立たなかったけどが、パチン、パチン、たくさんやるもんだから、三本脚の猫がぐぢゃらぐぢゃら歩き回るようになって近所の人たちがとうとう怒ってしまって、それを聞いたテレビ局の人が取材にいったら、済みません悪気はなかったんです、とか涼しい顔で言っていたよ。あっさ、あのオジーよ。アンタよ、あんなのも何でも無かったが今は罪になるんか。アイ、なんで猫の話になったかね。だが、あれだよお、自分の村を褒めるわけではないが、犬にとってこの村は安住も安住、いや天国というのか。ねえ、そうでしょう。そうさねえ」

「どうでしょう。そうでしょうか……」と曖昧に呟《つぶや》くわたしに、男はぴくりと眉を動かし、皺《しわ》を立てると、「もしかしてアンタは動物愛護団体とかいう変ちくりんなもんではないでしょうなあ」と探るような目つきになった。

　すかさず義弟が笑うと、男もあわてて笑った。

　それにつられてわたしも笑うと男は赤らめた顔で額の汗を拭いた。

「中国人は昔から犬を食べていたから沖縄の人もその影響を受けてるはずですよ。毛沢東のころ周恩来という宰相がいましたでしょ、この方が狗肉《コウロー》、つまり犬の肉が好きだったらしいです。でねぇ、血圧のことがあったかどうかは知りませんが、奥さんは家で食べさせなかったらしいです。ところが北朝鮮を訪問したとき金日成《キムイルソン》から大歓迎を受け、犬の肉のフルコースを平らげて満足げな顔をしていたということがあるんです。彼の生まれた江蘇省淮安《コウソショウワイセイ》一帯などでは、こことは違って黒犬を好むらしいんですね。小ぶりがいいということでしたから、ここでいうシマーのことでしょうねえ。茶と黒とでは味がどう違うのかは分かりませんが、とにかく、なかなか旨《うま》いという話ですよ。で、北朝鮮と同じ民族の韓国でも寒い冬には欠かせない食べ物になってますでしょ。だからオリンピックの開催が決まって国際的に注目を集めているとき、お宅の今いうイギリスの動物愛護団体から顰蹙《ひんしゅく》をかってましたからね。とにかく豊かさを経験した国の順から食べなくなっていくみたいです。だからかどうか詳しくは知りませんが、アジア圏の人たちはまだ犬を食べてるんですよ」

男に合わせるように幾ばくかの知識の中から話をしていて、ふとひっそりとした息遣いでだれかがわたしたちの話を聞いているのを感じ、戸の開いた暗がりに視線を向けた。これまで暗くて気づかなかったが部屋の奥に這うようにして上半身を起こした老人を見て息を吞んだ。

鼻が潰《つぶ》れている……。

わたしは老人を凝視した。

壁にあのときと似た日めくりの柱暦が掛かっている。

義弟に語りかけていた男は一瞬、わたしを見つめ、その犬籤《いぬくじ》は昔より盛んだといい、後ろの老人へ振り向き、もう九十過ぎで耄碌《もうろく》していますよ、と笑った。鼻はそのとき食いちぎられくちゃくちゃになったのだと高笑いをして、「まだ早いが一杯どうですか？　冷凍した肉もたくさんあるから準備しましょう。もちろん酒もありますよ、八重泉でなくて菊之露だが」と持ちかける男に義弟は「次の楽しみにしておきましょう」と笑った。

男はわたしへ「山羊と交ぜてよもぎ《フーチバー》を入れて炊くとどれがどれだか分からないよ、あっさ。アイ、まったく。とにかく帰りに持って行きなさい」と話した。

わたしたちは礼を述べ、男の家を出ると、通りを歩き、しばらくK村の風景を眺めていた。畑の畦には、茅の茂みから春を告げる野生のグラジオラスやテッポウユリが顔をのぞかせている。谷間の竹林から集団で飛んで来たメジロが仲間どうしでなにやら囁き合うように低く囀《さえず》りながら民家の椿の花へ首をつっこみ蜜を吸っている。向かいの山に鉈の刃を思わせるほそながい水平の雲が中腹まで降りていて山を切断したかのように静止していた。

わたしは車の助手席へと乗り込んだ。

禿げた頭へタオルを擦っては笑いながら見送る赤ら顔の男がドアミラーに映る。

ハンドルちかくの鍵穴へキーを差し込んだ義弟が振り返って男へ手を振ると同時に、わたしの切り換えたラジオからたちまちパイプオルガンの奏でる荘重なクラシックが流れてきた。

来たときとは違い速いスピードで車を走らせる。

新聞紙の包みを腿に乗せたまま、さきほどの黒い影のような老人の近くの壁に掛かっていたあの懐かしいひとつひとつの像を思い出しては、乾いた喉《のど》へ固唾《かたず》を無理やり呑《の》み込んだ。

車はK村からしだいに離れて下りになる橋を渡っていた。

あの日、木々の繁る傾斜の細道からときおりヘゴの葉を仰ぎ、苔《こけ》の生えた大きな滑石をさけて下り、砂利や川石を踏みならして清流の中を馬の膝まで浸かりながら進んでいったのと違い、赤土で濁った川が橋の下を流れていく。男から、籤《くじ》のことを聞き、それに偶然にも老人を見て驚かされもしたが、それでもわたしにはそこが幼い日の村であるという確信は持てなかった。山が迫っていて、太い節の高く聳えていた竹林があったことだけははっきり覚えているが、もう少し奥まったところで大きな沼や田圃《たんぼ》があり家はまばらであったような気もしてくる。

しかし、あの日のことが幻でなかったにしても、わたしはその村のことを幻のままにしておきたいという気持ちに囚われはじめていた。車は急な坂を上がっていく。ときおり厚い雲から薄い雲に変わると太陽が腫れぼったい目のように赤くなった。

突然、曲がり角から現れたダンプの大きなクラックションに我に返ったのと、雲の切れ目から差し込んだ光に顔をそむけたとき、一瞬、義弟と目が合った。

「久し振りに飲みましょうか？」という誘いに、すかさず「今日は犬を食べながらゴミの話でも聞いてあげようか！」と言葉を返すと、義弟は苦笑いをした。


眠りの浅いわたしは、晩《おそ》くから妻が寝床に入り寝息をたてはじめると気づかれないように起き出し、散歩に出掛ける支度をする。わたしの動きに気づいた犬が小屋から抜け出し身体をぶるっと振る音を聞く。犬小屋へ行くと尻尾を振っては跳びかかる犬の首輪の止め金を外す。たたんだ紐《ひも》をポケットに入れ、家を出るころには四時前後になっている場合が多い。

わたしは暗がりの道を何時《いつ》ものとおり、目覚め時のぼんやりした頭や身体のまま歩いていく。ときおり何処《どこ》からか飛んできたコウモリが電線や木々の枝に止まったあと羽根をゆっくりたたみこみ逆さに下がっているのを見ると、生まれ変わっていく蝶の蛹を思い起こさせる。この蛹《さなぎ》からはどんな蝶が現れてくるのだろうか……。

ふだんの散歩ではマーキングによる小便のため立ち止まったりさせられるが、放すとそういうことがないのでいろんなものを見たり考えたりする余裕が生まれてくる。遅れをとって慌てて駆けて来て、照れくさそうな仕種《しぐさ》をするのを見ると繋ぐのがかわいそうな気がしてくる。しかし鑑札のある犬でも放し飼いは野犬とみなされ捕獲の対象になるということだった。犬の吠えるのに悩まされているわたしが同じことをしているのもおかしい。

そんなときふと夜中に放す人の気持ちがなんとなく分かってくる。わたしの前方を走る犬は立った尻尾の先が白いのでそこだけが暗がりにゆれて見える。とにかく猫を追っ掛けたりして全力で走っているのを見るのは犬が犬らしくて楽しいものだ。もう顔色をうかがうという情けない卑屈な表情はない。

わたしより先に走って行って、ときおり振り返ってははしゃぐのを見ていると子どものころのことを思い出す。春先のことだった。野山へ苺《いちご》を採りに行くわたしたちを追いかけてきたシロへ石を投げて家へ追い帰そうとしていたが、しつこくついてくるのでやがて諦めると嬉しそうに跳びはねていた。ところが村はずれに差しかかったとき、肥溜《こえだ》めへ落ち、ようやく這い上がったあと、身体をぶるぶるっと振るので、それが、わたしたちに振りかかり、みんなの怒りをかい、本気で投石攻めにあっていた。

歩いているわたしの脳裏を様々な事が駆けめぐる。

そのころまでは何ともなかった。そう、今から考えても普通の子どもだった。しかし父とその村へ行った後からそれは起きた。そのころからだった。夜中にふわーっと目覚めだしてひたひた歩くのは……。

ときおり出くわす浮浪者がゴミ箱を掻き回しているのを見ないふりをしながら歩く。

ゴミ集積場を餌場とした野犬が増えて辺り一帯の家畜が大きな被害を被っている、ということで毒入りのチキンを撒《ま》いたところ、浮浪者がそこらまで来てゴミを漁《あさ》っているとの知らせに動転。職員を総動員して、ゴミ場の中からチキンを一つ残らず明け方までかかって探し出したこともある、とゴミ処分場が完成する前のことを義弟が話していたことがあった。

このところうるさく啼く犬に、酒ときつい香水のにおいをさせた妻が「何とかしてちょうだい！」と喚《わめ》いていたのと、「この犬たちの末路はガス室での安楽死のあとトラやライオンのいる動物園の猛獣《もうじゅう》や猛禽《もうきん》の餌《えさ》ですよ。哀れといえば哀れですが、いったいだれが悪いんでしょうかねぇ……」と保健所の保護係が呟いていたのを思い出す。

三十年振りの故郷へまだ馴染めないでいるその妻の苦情めいた頼みというのは昨年のことから始まる。

久し振りに島へ戻ってきてかつての村や町が想像以上に変貌しているのにわたしは驚く。落ち着くと、早朝ともいえない時間から心の中に刻まれた道々を正確に歩き始め、忘れていた記憶を埋めていこうと懸命になる。護岸近くに来ると、どす黒い遠くの水平線で白い波頭がぼんやり手招きを繰り返すのを見ては、海鳥の鳴き声や波の音を聴きながら歩いていた。そんなとき後を付いてくる仔犬がいる。わたしは屈んで抱き上げ、頭を撫でたあと下ろし歩いていたが、困ったことに家まで付いて来てしまった。それでしばらく餌を与えていたところ、そのまま居ついたのだった。もともと妻も犬好きであちらでは飼っていたこともあったので、まあいいか、という気持ちだった。ところが厄介なことが起きる。琉球犬の雑種だった。これは自分のエリアに近づくとだれかれとなく、炎の隈どり顔で吠え立てる。それが成長とともにひどくなる。深夜徘徊する犬に吠えたり、散歩のとき餌をくれる隣の刺身屋の主人が塀から姿を見せても吠える。新聞配達人、郵便配達人、宅配便の人がくるとさらに一段と高く吠える。噛みつくわけではないので番犬としてはいい。ところがこれでは問題を抱えることとなった。ある人が、今ではこの犬を飼う家はまれでせいぜい農家が畑小屋に繋いでおくくらいだと話していた。だとすれば琉球犬の血は途絶えてしまう。何とかしようとは考えるものの四時五時では雌犬は眠りについているようだ。

　歩きながら鼻孔を上向きにして深く息を吸い込む。

この、なめらかな夜の空気とにおいがわたしは好きだった。ここでは夜中に歩いても何ともない。しかし都会では違った。わたしは警察官へ何度も呼び止められたりしていた。ときには婦女暴行事件の容疑者になったことさえある。だから妻はその習癖《しゅうへき》を嫌がった。それでもわたしは歩き続けた。やがて近所の人も妙な目付きを向けるようになっていた。あちらで妻が犬を飼っていたのもわたしの徘徊と関わりがあった。夜中に目覚めたときに独りぼっちが怖いということだった。

暗闇は人の心を不安にする反面、心に傷を持つ者へはたとえようのない安らぎを与えてくれる。精神的な解放感と季節の移ろいを風に感じ歩きながらも、未だに自分自身が心の深みに眠っているものから逃れきれないでいるのに気づかされる。当然のことだが、それは父のことよりも、あの日村で見た犬撃ちのことや、いつかの御嶽《オン》裏でのこと、一人で歩いた夜のざわめく風景の記憶などである。牛の鼻綱からのぬったりしたにおい。発情した女の腋臭《わきが》を放つ山羊たち。冴《さ》えざえとした意識の覚醒《かくせい》を感じるそのわたしが、水を得た魚のように夜の街を彷徨《さまよ》いだしているのに何かが再び起こりそうで不安がよぎったりもする。

幸いなことに、義弟はあの夜の蝿のことは酔っていたのか忘れているようだった。K村までの車の中でもその事は話題にならなかった。

今でも、ときおりN島からの転校生を殴った小学生のあの時のことが、突然甦ったりする。さらに強烈なのはそのことから数年後のことだった。

中学校へ上がって毎日寝不足ぎみのわたしへ、おもしろいものがあるから、という誘いがありわたしは海岸近くの御嶽の裏へ行き、大きなアコウ樹の下のブランコに乗っていた。座ったまま足を地面につけ、ときおり身体を動かしてはブランコを揺らしていた。友だちの話すのには、これから犬の始末があるのだという。わたしは友だちとアイスキャンデーを舐《な》めながら鷺が海の上を高くとんでいるのを眺めた。するとこれまで晴れ渡っていた空がたちまち黒い雲に覆われ、風がでてきてアコウの樹から垂れ下がった髭《ひげ》のような気根が重くゆれた。

やがてジャングルジムの側の低い鉄棒へ犬が結ばれた。犬は喧しく啼いた。ところがボロを着ていくらか年老いた犬捕獲人《インクルサー》が現れると静かになった。わたしは立ち上がると友だちがランニングの裾を引っ張るのも構わず、少しずつ近寄って行った。インクルサーがボロをひらひらさせながらじっと睨むと犬は尻尾を股ぐらに押し込んだあと、虚脱状態のようになり四肢を震わせだらしなく地べたに伸びきった。そして小便をちびったりする。そのうち猛々《たけだけ》しく意気のいいきりっと尖《とが》った耳の犬へ、男が腰から抜いた小さなゲンノウで軽く眉間を打った。すると啼くことも許されずたちまち地べたにくずれた。犬さえ分からないうちに息を引き取らされたというふうだった。一振りだった。静かな物腰、それは実に鮮やかで優美だった。

友だちがわたしの耳元でそっと「この跛じいさんは海岸近くの阿檀の茂みの洞穴に住んでいる……」と囁いた。

頷《うなず》きながら、わたしはインクルサーの一挙手一投足《いっきょしゅいっとうそく》に見入っていた。異常なくらいの興奮だった。

あの村で見た鼻の潰れた男との比ではなかった。歩くときくくっと腰をうちへ折り脚を引きずっていても、不自然ではなく、それがまるでそよ風のような身のこなしだった。わたしの目にインクルサー以外のものは入らなかった。

友だちの囁きはわたしの耳から素通りしていて、ただ、うっとりと見入っていた。

そのとき、急に雨が遠くから音をたて駆け足でやってきて、荒い雨粒がぱらついた。友だちが御嶽の中に入ろうと誘ったが、わたしはそれを振り切り、土砂降りになった護岸沿いの道をぼーっとなった頭のまま一人ふらついていた。

その日からときおり、手首にかるくぴくぴくするのを感じ、インクルサーの眉間撃ちを真似ては柱や庭の福木へすーっと歩み、ポンと撃つのを繰り返し練習していた。やがてゲンノウをバンドに挿むようになっていた。

その後学校を休み何度も御嶽の裏へ行ったり、そのインクルサーを追っ掛けては捕獲を見ていた。そして夜中に起き出しては露に濡れた草の上を歩きながら密かな行動をとりはじめたのだった。

そのことを思い出すとひんやりした冷たいものが血管をながれるのを覚え、闇夜の風が頬をなぶりチガヤの原野が激しく波打ち渦巻く。

わたしが十九才のとき脳梗塞で呆気なく亡くなった父だったが、それ以前にずっと寝込んでいた。原因はわたしだった。わたしはあの日御嶽の裏で見たインクルサーのように、中柱に凭《もた》れて座っている父の側へすーっと近づき、いつもの癖のように何気なく父を一撃したのだった。その後わたしは二年近く少年院へ送られることになる。父のこともあったが、それよりも他に牛や山羊を数十頭も撃ち殺していた。片端にしたものも含めると百頭ちかくになる。それらが村人の憤怒《ふんぬ》をかい、区長や村長たちの警察署長への直訴となっていた。父のことはあとから母親づらしたあの女が警察官へ告げ口をしたからだった。ところがどういうわけかそのわたしには悪いことをしたという意識がまったく無かった。わたしからすれば腕がぴくついただけの単なるはずみだった。施設にいたときも右手を外へぽっとはねては撃つ癖がとれなくて二三人を撃ち倒していた。喉の奥まで棒のような教官のペニスを入れられたときの屈辱感が甦ってくる。度重なる強要にたまり兼ねたわたしがその教官を撃ったことでさらに出所を引き延ばされもした。こんなことは金輪際《こんりんざいや》止めにしなければと、家を出て行った母から送られた厄除《やくよ》けの縄を右手首に巻いていたこともあった。ところが東京にいたころのことだった。看板屋の仕事から見出されたわたしが出版社の表紙カバー装幀《そうてい》の下請けをしているときだった。上司に色合いをなじられたわたしはペンを握ったままの拳《こぶし》で、側に立つ上司の横顔を軽く撃った。そのつもりだった。しかしそれはすーっと耳の奥まで入っていき、上司はころんと倒れた。

K村からの数日後に義弟と酒を飲んでいて、またいつものゴミの話になりかけようとするのを、わたしが中学生のときのインクルサーの話をしたのが切掛けで犬の話題になり、わたしたちは再びK村の男のところへ足を運んでいた。

義弟へ挨拶をしている男を見ながら、以前、男の話にわたしが曖昧な言葉を口にしたとき、一瞬険《けん》のある顔つきになったのを思い出した。

男は落ち着かない様子で、義弟にスーパーのビニール袋に入れた包みを渡している。

「せっかく準備していた移民五十五周年の祝賀会、あれが中止になってよ、面白くないさぁ……」なるほど、義弟は表情からして、その事情を知っていたようではあるが俯《うつむ》いたままだった。誘った理由《わけ》がなんとなく分かった。

「何で外部の人がいちいち意見を突っ込む権利があるわけ。おかしいさあ」男は腑《ふ》に落ちない様子で話した。「肉を買うお金が無いからという問題ではないさあ。これは昔からのみんなの楽しみでもあるのに……」

わたしは義弟に目をやったあと、男を直視すると話し掛けた。

「何かあったんですか？」

ぎらぎら脂ぎったものが消え失せた赤ら顔の男は、義弟を見たあと、黙っていたがやがて重たそうに口を開いた。

「いや、あのねえ……実は祝賀会の前日のことでねぇ……ウチらがテントを張る準備で忙しくしているときでしたよ。皆が血相を変えて学校の裏へ向かって走っていくものだから。ウチも行ったんだが……子どもが……アイ、子どもらが拝願所《ウガンジュ》の広場でウチらの犬籤《いぬくじ》を真似てやっていたんですよ。アガイ、興奮した沢山の子どもたちの輪の中で、五、六人が倒れていましてね。犬みたいには逃げきれないのに、丸腰の子を棒で撃ってからに。バトル・ゲームとかいって騒いでいたらしい。もうお祝いどころではないよ。アッサ、てんてこ舞い。大変な騒ぎになってから。馬鹿たれが……」

わたしは男の話振りに無神経なものを感じ、怒りを覚えはじめた。

「いつかこういう事が起きはしないかと、気がきではなかったんですよ。実をいうとわたしは子どものころそれを見たのが切掛けで人生を狂わされたようなものなんです。この村で……あの犬撃ちをね……」

「えっ！　だってウチらは何ともないのにね……」

「そうでしょうねぇ。人間、みんながみんな同じ精神構造ではないですから……。これにはとても感じやすい人もいる。そうなると善悪の境界が一瞬ですが曖昧に。というか、あるいはなくなってしまうときがあるんです。考えるよりも咄嗟《とっさ》に反応したりして……。とにかくあれを見たあと、撃ちたくなるんです。ちょっと違うかもしれませんが、なにか取り憑《つ》かれたときみたいに、と言ったら分かりやすいでしょうか」

「あいや、アンタの話はウチらには分からんさ！」

「繰り返すようですが、わたしもこの村でやっている犬撃ちでの被害者の一人なんですよ……わたしの場合はその後、偶然にもインクルサーとの出会いがありましたが……」

「あんたがやっぱしそうねえ、ウチの親父が言ってたサ。昔、友だちが子どもを連れて、この村へ来たことがあるって……」

「……それに気付き始めたとき、発作が起きそうになると素早く手首に布袋を被せて括ったりもしていました。しかしあとでそれなりの精神科医のカウンセリングやロールプレーイングなどを受け、今では完治しているんですがね。もう、ああいう犬籤《いぬくじ》は止めなさいよ！　子どもの精神的なものに与える害悪からすると計りしれないものがあるんだ……。だからこの前アンタが話してたように教育関係者もやって来るわけですよ。アンタらが言っても聞かなかったから今度のようなことになったんですよ。まあ、起きてしまった事だけど、大きな問題なので、これからそれ相応なことがなされていくでしょう……」

「……鷹雑炊《タカジューシー》も食えない……犬も食えない……」男は頭を撫でながら消え入りそうに呟いた。「これでは何の楽しみもない。元気もなく、団結力もなくなってやがてこの村は寂れていくかも……」

わたしの言葉に気押されたのか横柄な物言いをする男はしだいに言葉を無くしていた。

「心配しないで下さい。こんなことを考えるのは犬撃ちをやってた世代だけですよ。我々の子どもたちがこの犬撃ちを受け継がなければ自然となくなっていきますよ」

「そうかねぇ……」

「そうですよ」

以前のときとは違い、話を済ませるとわたしはすぐに車へと向かった。義弟は男からの包みを戻すのに手こずっている様子だった。

山肌を見つめると、父やあの日の男の「強い男になれ！」と言ってた声が、遠くからかぼそい響きをともなって聴こえてくるようだった。

K村からの帰りの車で義弟とわたしとは話を交わすことはなかった。義弟にしてみればわたしへK村の公民館長の話題を投げかけたことへの後悔。わたしはわたしで自分の秘密にしてきたことが義弟へ知られてしまったという恐れ。それに幻のままにしておきたかったというわたしの思いは、幻ではなくなり、フイルムのネガとポジのように重なり合わさったという疑うべくもない現実を突きつけられていたのだった。


わたしは今、野犬狩りの巡回車へ同乗している。

K村でのことで気まずくなっていた義弟へ電話をしたときの成り行きだったが、わたしは何故《なぜ》か数週間まえの、あの、蝿撃ちのことが気になりだしてもいた。だから捕獲への同行を躊躇《ためら》ったが、義弟が家まで迎えに来たのだった。

午前の巡回では輪っ架を持ったまま突っ立っているだけだった。

ゆるく走る車の助手席の腿の上に輪っ架を転がしたまま、前屈みの姿勢で前方を見つめる。みんな賢くなって我々の引き揚げた五時あとに犬を放すのだと、運転する男が毒づく。

男は十字路に差しかかると素早く、右、左、と視線を向ける。これはたやすいことではない。わたしは助手席から左側を見るだけだがすでに首と目に疲れを感じていた。ときおりふいに襲ってくる眠気にわたしは激しく頭を振り、輪っ架を引き寄せると、右手首から肘にかけて腕をさすった。

義弟と酒を飲んでいたあの晩から、皮膚の表面を微熱が覆いときには粟立ったりする。そのときの表皮は指先をたて爪で引っ掻いても麻酔を打たれたようで何とも感じない。耳を当てると、血液が一瞬流れをとめたような静けさでやがて微かに風の音や草木のざわめきすら聴こえ闇夜と朽葉のにおいが鼻孔を満たした。それとこのところ頻繁《ひんぱん》に見る夢のことだった。真っ暗な森のなか、わたしの背後からじりじり迫ってくるものがある。臭気を放つ荒い息づかいに振り向きつつ、木の枝をはらい、躓《つまず》いては立ち上がり、懸命に駆けていく。と、突然のびてきた毛むくじゃらでねばつく爪のある大きな手にむずっと肩を掴まれ、たちまち仰向けにされると、粗い毛の生えだしたわたしの身体が足で踏んづけられたあと、振り下ろされた斧《おの》で右腕を断ち切られ、血まみれになって転げまわる、という夢だった……。

どういうことか、昨夜はその夢をくりかえし見せられている……。

車は街なかから離れたある村内の筋道を回っていた。

しばらく車を走らせていて、学校近くの原っぱに茶毛の犬が歩いているのを目敏《めざと》く見つけた男が後部座席の男へ合図をすると、バックミラーに映らなくなった鉄柵の檻を積んだ軽トラックへ携帯《ケータイ》電話を掛ける。連絡を取り合うと野犬へ近づく。後部座席で居眠りをしていた義弟も目を覚まし、窓の外に目を向ける。

わたしたちはステンレス製の細棒でできた釣竿の半分くらいの長さの先に輪になったワイヤーを付けた輪っ架を握り締め車から降りる。連絡を受けた軽トラックがわたしたちとは反対のところへ行く。

義弟は開けっ放しの車から出した足を組んだままこちらを見つめ、じっとしている。

校門から出てきた子どもたちが車の周りで立ち止まっている。やがて学校の塀の西側へ停《と》めた軽トラックの男たちが間隔を保ち、知らん振りを装いながら犬へ近づく。

草むらの犬はすでに何かを感じている。

わたしは男たちに教えられた通り、輪っ架の竿を左手でささえ棒尻からの紐の輪へ手を入れると一回転させ、強く握る。

ときおり吹きつける風に校門近くのポール頂《さき》のきらっきらっと光る蓮の下の矢形風車がたがいに

違う方角へ勢いよく回る。

五人の男たちはじわりじわり輪を縮めるようにして摺《す》り足で歩く。

犬は臭いの染まってないわたしを静止したまま見つめ、首を回し、軽トラックからの男たちをさり気なく見る。今日は何時もより捕獲の数が多い、とわたしの背後で控えていた男が話していた。

それが何故だかわたしには分かる。彼らには捕獲の臭いが染みついているのだ。犬の臭いではあるが愛犬家の臭いとは微妙に違ったものが。わたしは囮《おとり》だった。

犬はハッキリ突破口を悟ったようだ。

わたしのところへと向きを変え抜き足で歩き出した。

とっさに輪っ架を強く握る。

男が他の三人へわたしの後ろへ回るように指で合図をする。

後方の男たちが急ぎ足でわたしのところへと走る。

そのとき犬が凄まじい勢いで駆けだした。

わたしは静止したままだった。

あのときのインクルサーのことがわたしの中に甦っていた。

男が大声で叫んだ。

わたしは犬の目を睨んだ。睨み続けた。右か左か、これが勝負に勝つ一瞬だ。ぎりぎりまで眉間から目を逸らしてはならない。犬はまるでわたしに跳び掛からんばかりに前脚を蹴って空中に浮いた。わたしはかっと目を見開いた。眉間の中心がわずかに動いた。左側から抜けていく、わたしは賭けた。犬の身体が左にゆれた。その一瞬、素早い手首の動きで輪っ架を差し出した。犬はわたしの手からのびた竿先の輪の中へ首を突っ込んだ。たちまちワイヤーが締まり首に食い込む。強い衝撃とともに左へ引かれた身体が捩《よじ》れ重心がくずれる。転倒して暴れまくる犬を近くにきた男が押さえようとしたが、犬の首からわたしの竿へはったワイヤーに足を取られ転んだ。男の輪っ架が宙に舞う。跳ね上がった足先へ唸り声をあげ噛みつく。ワイヤーの絡まった足首のまま男は素早く起き上がると、犬の首に食い込むワイヤーの内へ手を差し入れ、顎を押さえたあと、手から毛がはみでるほど首の周りをきつく掴んだ。別の男が鉄パイプの中からのびた太縄の輪へ首を入れて締めようとしたとき、毛を逆立てた犬が、前脚の爪を立て、地面を引っ掻き、ありったけの力を振り絞り、牙《きば》を剥《む》き、わたしへ向かってきた。犬を押さえた男が引きずられる。そのとき輪っ架を握る腕が熱くなり手首がぴくっと動いた。思わず全身から汗が吹き出す。今ではコントロールできているはずの腕に、わたしは驚き、ぴくつきをどうにかしようと焦る。茫然とするわたしを男たちは不可解な目で見つめる。首からのワイヤーを食いちぎろうともがく犬へふたたび手首がぴくつく。心臓がドンと噴火のように音を立てると、いつの間にかわたしは輪っ架の棒尻で犬の顔面を続けざまに撃ちつけ、眼球をぐちゃぐちゃに潰していた。

血相を変えて駆けつけて来た義弟に男たちは、言葉を失っていたが、やがて無言のまま、鼻面《はなづら》をひくつかせる犬を二人で木ぎれのようにひきずりながら軽トラックの檻へと吊り上げ、首に食い込んだワイヤーをペンチで切り取り、檻《おり》の中へ入れる。

子どもたちがランドセルのショルダーベルトを両手で握りしめたまま、蒼ざめた顔でわたしを見つめていた。

保健所までの道のり、だれ一人話し掛けることもなく、重く気まずい時間がながれた。

わたしはふたたび起きたそのことに凍えるように全身を震わせながら、それでもなんとか捕獲した犬を軽トラックの檻から運び出すのを手伝う。手足に妙な痺れがはしる。冷たい空気のながれてくる巨きな檻に似た建物の奥へ奥へと歩いていくうちだんだん薄暗くなっていく。朝、途中まで入ったときとは様子が違う。あまりにも静かすぎる。振り向くといるはずの男たちが見当たらない。激しい眩暈《めまい》にくらっとして倒れ、起き上がろうと四つん這いになる。左右のこめかみがズキズキする。あたりがうすく霧がかってくる。と、突然、おびただしい犬の啼き声が湧き起こり、うねりのように耳をつんざくその声に、腰を落としたままわたしは茫然となり、手首がぴくつく。遠いあの日の光景が甦る。半鐘に駆り出される犬の群れ。雄犬を取り囲み投石する女たちの狂った声。鈍く沈んだ撲殺の響き。切り落とされる脚や首。焦げ臭いにおい。思わず吐き気をもようし、手首をきつく立て、ぴくつきを必死に堪《こら》えていると、どうしたというのか、たちまち手足や身体が粗い毛につつまれ、頬の筋肉が歪んで張りつき、口先は尖りはじめ、耳はとびだし、犬になった気がする。這ったままわたしは、手足を踏ん張り、居並ぶ無数の犬影やその向こうに横たわる自分ではどうにもならない何かが潜む暗闇へあらんかぎりの声をふりしぼっては吠え立てる。谺《こだま》のように反響する啼き声のなか、鼻の潰れた男に、ブランコのそばでうなだれていた青白い男、転校生、夜ごとなまめき迫る父の女、砂糖きび棒が折れるほど撃ち叩かれ固い土塊《つちくれ》の畑の中を転びながら逃げまどう母、倒れた上司の剥《む》いた目、父の死顔、風のようなインクルサーが現れては消えていく。

やがて、K村の、あの、犬撃ちから生まれ落ちた得体のしれないわたしの分身たちが、寄り添って来て、わたしの周りで円陣になると、ゆっくり回りはじめた。

黒芙蓉《こくふよう》

タクシーだけがときおり猛スピードで通り過ぎていく直線道路の舗道を街へと向かって歩く。まだスポーツウェアーの耳障りな摩擦音をたてるジョギングの人たちともすれ違うことのない時刻だ。歩きだして二十分、身体《からだ》もいくぶん温まり、額《ひたい》に首筋に汗が滲み出してくる。夜明けともいえない時間を歩くようになってから、どれくらいになるのか自分でもわからない。それでも、まばらな家並みの間からときおり姿を現す遠くの山の、受信塔からの赤い明かりを目にするたびに、流れ星の残像のようなものが微かに脈打つのを確かめることがある。ひたすら蒲葵《クバ》並木を、ヤシ並木を、外灯の下を、普段の歩調で歩き、しだいに姿を現しはじめたビル街や溢れる光を放出するコンビニの前を過ぎ、仕事場まで立ち寄る。

仕事場といっても人一人が動けるくらいの狭い空間で、めぼしいものといえばパソコンしかない。造花のある中央の円形テーブル横には前日の夕方届いた出版物のケースが七八個積まれている。ソファーに腰掛け、パック入りのコーヒーを飲みながら煙草を吸い、リモコンを手もとに寄せテレビを点《つ》ける。すると、台湾中部からの地震中継をしていて、倒壊した雑貨店の前で悄然《しょうぜん》とした女性の姿が映し出される。蹲《うずくま》り、ときおり両手で顔を覆う女へ横殴りの強風が左頬からうなじのあたりにかけての髪を吹き上げる。ほんの数秒だった。次の画面では、瓦礫《がれき》を見つめるその後ろ姿の女性をバックに興奮気味のリポーターは地震規模の大きさと被害を上擦った声で伝えていた。テレビのその女性はわたしとおなじ年ごろで、ふっくらした面立ちだった。わたしは映像が変わった後もしばらくテレビの画面の奥を覗き込んだままだった。

そのことがあってからというもの、これまでと違った、突如として襲ってくる激しい胸苦しさをともなう痺《しび》れを身体に感じる日がつづいている。車を走らせながら、鼻孔に押し当てた人差し指を離し、くりかえし見る。無意識によるいつもの仕種だ。虚ろに風景を眺めては速度をゆるめ、目の前に迫ってくるバンナー岳《だけ》手前の松の木の近くで車を停《と》める。一呼吸、間をおき、微かに枝を揺らす松の木をフロントガラス越しに仰ぎ見る。幹といい、枝振りといい、あのころからなにひとつ変わっているようには思えない。しかし、わたしは幾度となく離婚を繰り返している。原因はわたしにある。これまでわたしの心はいつも別のところをさまよい、「なぜ?」「ろうして?」という囁《ささや》き声に身体を膜のようにくるまれていた。それをはっきりと意識したのは脳機能に障害のある子が亡くなり結婚生活に行き詰まっていたときで、そのときわたしは小さな窓から病院のその向こうの中空の赤い明かりをぼんやり見つめていたのだった。それから子どもをもうけることはなかった。それに、ずっと、胸騒ぎに似たわさわさするもの、過去の記憶の断片への執拗《しつよう》なこだわり、生まれついての過敏な性格からくる壊れかけてのひきこもりなどに煩《わずら》わされ落ち着かない日々を引きずっている。これまでいくら仕事を変えてみても他人との折り合いはうまくいかず、絶えず衝突のくりかえしで何かが思いのままに運べたためしは無い。そんなこともあってか、あまり他人と関わらず、人の表にも出ず、ひっそりやっていける自費出版の個人のささやかな記録の手助け、というものに落ち着いている。考えてみても、やはりそんなところが当然の成り行きだったのかもしれない。そういうわたしも手の甲や腕に黒褐色の斑点が浮きだしはじめ、いつの間にかもう初老とよばれる歳へちかづきつつある。

車から下りると風に吹かれ沼地の辺りを歩き、咲き始めた芙蓉《ふよう》のちかくで佇《たたず》んだあと、さらに草に覆われた小道を歩いて行き、まばらな木々の間から岩肌をのぞかせる傾斜面の先端を見上げながらさりげなくつつみこんだ右手のなかの手首を胸もとでゆっくり回した。やがて、心のなかをいつもより早い速度で点滅する光にあわせ高鳴りはじめる動悸を抑えかけるかのように荒く息を吸って吐き出すと、滲んだ額の脂汗《あぶらあせ》を手の甲で拭い、重い足どりで引き返す。沼地の近くには葦《あし》に混じって藺草《いぐさ》に似た植物が茂っている。あの、光り輝く夏から秋にかけて起きた、夢のような、わたしの家族や身内の者たちを含めてのこと……。できることならふれずにそっとしておきたい、わたしの心の奥深いところにひそむ暗い記憶……。

　それはわたしが中学二年のときのことだった……。


「信一いないの？　あい、いるなら来てごらん」

　おばぁのいつもの呼び声だ。

「今、今、行くから、ちょ、ちょっと待って、おばぁ！」

　慌ててズボンを引上げ、バンドを締めると戸を引き、ゴムゾウリを引っ掛け、おばぁのところへ駆けて行く。おばぁはわたしに布で包んだものを手渡す。おばぁの家とわたしの家とは背中合わせのかっこうで、わたしのいる裏座ちかくから石垣で仕切られている。おばぁは素麺箱《そうめんばこ》を踏台に顔をひょいと出し声を掛けてくる。いつも石垣越しの受け渡しだ。ときどき父や母に目撃されるが、これといった反応のない父に対して、ひどく厳《いか》めしい顔になる母に気づかってか、このところ囁くような声でわたしを呼ぶ。包みはいつも厳重に括《くく》られている。そうだった。わたしがその新垣のおばぁから夜中に二度目の包みを受け取ったその日の夕暮れは鈍く光る稲妻が西の空に筋を描いていて、濡れそぼった石垣の石が足もとへ転がり落ちた。わたしのやることは、それを村から離れた浜に埋めてくるようにとのことだったが、そこはときどき巡査で母の親戚のおじぃが明け方ちかくまで釣りをしているので行かなかった。包みを開けてはいけない、というのがおばぁの口癖だった。

包みは夏の終わりごろから床下に蓄えられる冬瓜《スブル》の小さなものくらいだった。それを沼地の側の葦の生える人目に付かないところに隠していた鍬《くわ》をもちだし穴を掘り埋める。山から転がってきたと思われる大きな四角い岩石が目印だった。そこら辺りは北風が吹き肌寒くなると芙蓉の花弁がひらひらした。ぬかるんだ泥地での穴堀りは足やズボンが鼠色に汚れるので嫌だったが、おばぁの頼みは断れなかった。それは友だちから借りた雑誌の女性の裸の写真を見て自慰行為に耽《ふけ》っているときおばぁに目撃されていたからだった。迂闊《うかつ》にも戸を開けていたのを気づかないでいた。恥ずかしさで四五日くらいおばぁの顔をまともに見れなかった。いつだったか、おばぁは笑いながら、それも脅迫じみて、「アンタはあんなことをいつから覚えたかぁ、中学生になったら変なことするようになってもう、お母さんに……」と言うので、「分かった、分かったよぉ、だからこれだけは……」と懇願《こんがん》したが、それとは別に最近神経を病みだした母のため、父がおばぁから金を借りていることや、また数年前にわたしが夜道で突然、聾唖《アババァ》の姉さんに抱きつかれ魂《マブイ》を落とし、おばぁが拾ってきた三つの石で魂を込めてくれたことなども断れない理由ではあった。それでも、ときどきわたしが嫌な顔をすると、おばぁはお金をくれるようになった。とにかく、夜の明けないうちにとのことだった。

しばらくあれこれ物思いにふけっていると、ぬるっと不意に鼻血がながれてくるので、慌てて鼻をおさえ横たわった。

わたしの父とその弟の叔父は村では途轍《とてつ》もない腕力の持主で凶暴な男だった。後に聞かされた話だが、母とでさえ強姦《ごうかん》まがいで一緒になったようなものだということだった。父は何度も女を取っ替えている。昔、家にきた女たちが数日と持たず顔面に青痣《あおあざ》をつくっては逃げていくので、再婚していた母の夫に執拗な嫌がらせをし強引に連れ戻していて、数年後にわたしが生まれているということだった。余所《よそ》にも夜這《よば》いとかでつくらせた子どもが数人いるらしい。そのような父だから、貧弱な身体つきで引っ込み思案なわたしを、自分の子ではないと毛嫌いしていた。そんなこともあってか、わたしはいつも村の後方の川でテレピアを釣っていた。そこは雨の降った数日間だけ流れがあり、ふだんはところどころに赤い泥水の残る名ばかりの川だった。それでもこれまで川魚を見たことがなかったのでテレピアはわたしたちを夢中にさせた。餌のミミズがあればだれにでも釣れたからだ。釣れたテレピアの大きさを自慢しあったあとは再び放ったりした。だから、ただでさえ繁殖力旺盛なテレピアは瞬く間に何処《どこ》の村の池や川でも見かけられるようになっていた。

鎌《かま》で薄く削られたような月が空にかかった晩だった。おばぁから頼まれた埋め物をするため、泥地の葦をかき分けていると銀色に輝くまるい水面が目に映る。しばらく岩の上で星々の瞬きを眺めながら佇んでいると、水面を跳ねる音がする。テレピアがいるのだ。それからというものわたしは友だちとは行動をともにせず、一人でそこに来るようになっていた。そのほうが何故《なぜ》か心が落ち着くのだった。

父のいる縁側で鉄男が話をしている。鉄男は大した用事もないのに時折やってきて、父の山刀と小刀の付いた革帯《ベルト》を腰に巻付けては、山刀を鞘《さや》から抜いて眺めたりする。前に来たときは、朝早くから鳥モチと竿《さお》を持っていて、四十二匹の蝉《せみ》を捕って、焼いて食べたとわたしに聞こえるようにわざと大きな声で話していた。父はそんな鉄男が好きで、お前が大きくなったらいつかおじぃの山刀を譲《や》ろうと話し掛ける。鉄男が友だちと喧嘩をして勝ったとかいう話題になると嬉しそうに顔をくずす。そんなときにかぎってわたしを見て絶望的な表情をするので、なるべくその場に居合わせないようにしていた。鉄男の自慢する鳥モチは父がわざわざ山から選んで剥《は》いできた皮でこしらえていた。蝉なら翅のはしっこに竿の先が触れるだけで捕れ、子鼠《こねずみ》ですら逃れられなかった。ときにはわざと尻と尻をくっつけ餌を与える悪戯《いたずら》もした。それくらい強力なモチだった。そのあと必ずといっていいほど、トリモチ景気の話しに及ぶ。日露戦争のころ相当な金がながれて潤《うるお》った、という父が少年のころ聞かされた話だった。袋に詰めた鳥モチを軍艦のエンジン部分の防備に使ったらしかった。島の人のほとんどが黐《もち》の木の皮を剥ぐため山に入り、金を儲けたが、マラリアに罹《かか》り死んでいった人もかなりの数だったという。突然わき上がったトリモチ話に若者は山へと駆り出され、黐の木を見つけては競って皮を剥いだり、持ち帰った皮を老若男女が、川べりや井戸端で叩いては水をかけ、数時間かけて鳥モチにしていくさまはわたしの想像力を刺激した。一本の大木からのモチは湯飲み茶碗に入るくらいのものでしかない。芙蓉の花の咲き終わったあと、赤い実をつけ山に彩りを添える黐の木が一つ残らず丸裸にされていく無残な姿に、わたしは自分の身体の皮膚が剥がされひりひりひりしてうずくまるのを重ね合わせていた。このトリモチ景気や名蔵の製糖事業、マーニ(クロツグ)、アダン葉による事業などは父からよく聞かされる話だった。

夏休みも半ばが過ぎて蝉もあまり鳴かなくなり、朝の苛立《いらだ》ちはなくなっていた。これまで目を覚ますと、朝早くから鳴いていた蝉の大合唱がいばらの音波のように迫り、鼻の粘膜を刺激しているようで、ひくひくする葉脈に似た細かい血管が破壊され鼻血のでる予感に包まれた。そんな蝉の鳴き声に悩まされていたころ、カエルみたいな腹をした鉄男が鳥モチの付いた竿を持ちながら家の前の通りを過ぎ去っていくのを眺め、ふと去年の夏のことが甦っていた。

樹木の茂る御嶽《オン》の境内でわたしはじっと待っていた。耳の奥から地虫のような振動音が聴こえてくるほど静かで真っ暗な夜だった。やがて微かな音がして親指くらいの穴がぽっかり開くと蟹のようなものがつぎつぎ這いだしてくる。蝉の幼虫だった。その幼虫を一つ一つ拾い上げるように捕らえ、帽子の一杯分持ち帰って裏座で放った。薄暗いランプの下で時間に追われるように斧に似たぎざぎざの手脚でゆっくりゆっくり柱や壁をよじ登ったあと、死んだように静止する。それから月が雲に隠れたときの青黒い色合いで薄い殻の内側の体液がみずみずしく流動し、やがて背中に一条の亀裂が走り、中から白い頭部があらわれて反り上がり、時間をかけてゆっくり殻を抜けでてくる。ぽっぽっとつぎつぎ繰り広げられる白い蝉はまるで闇夜に咲く花を思わせた。ところが時間が経っても殻から出られず、青黒い殻のまま震えるようにして息絶え転がり落ちるのもいた。

わたしは息を吸い込むと、こっそり裏座から抜け通りへ出た。雲ひとつない空だった。頭上の太陽はわたしを焦がすように照りつけてくる。地表から反射する光で目がくらむ。たちまち汗が吹き出す。近所の爺さんが庭の縁台で蒲葵《クバ》の団扇《うちわ》を手にしたまま寝ころんでいる。木陰をつくっている集会所の桑の木ではたくさんの鵯《ピーサー》が鳴き実をついばむ。家々を囲むように聳《そび》える福木が石垣の内側から濃い緑の並木をつくっている。赤や黒の斑点模様のねじれた葉のクロトンが石垣から道沿いに垂れていてひっそりした家を過ぎ、テレピアの腹部のこまかいウロコの輝きを放ち浅瀬から濃い青に変わっていく遠くの海に目をやりながら、坂道を下っていく。十字路の角の電信柱に貼《は》られた映画のポスターが剥がれかかっている。確か、女の先生が着物姿の数人の子どもたちと桜の木の下で抱き合っていたものだ。わたしはこれといってやることのないとき、いつも自転車店へ足を運ぶ。自転車の修理を見るのが好きだった。顔なじみになっているので、主人はパンク修理を手伝わせたりする。心ときめくのは新品の自転車を組み立てることだ。きらきらするリムにほそいスポークを交錯させながら一本一本慎重に取り付けるときがなによりも充実した時間だった。自転車の持つ機能的な人工美はわたしにとって驚異的なものだった。主人はそのうち仕上げまでの組み立てをさせてくれると話していた。繋ぎ直したチェーンをチェーンリングにはめ、ペダルを回しながら油を注《さ》す主人の手の動きを見ていて、無意識のうちに自分で組み立てた自転車のサドルに跨《また》がりハンドルを握りしめているわたしと、馬に乗っている鉄男の姿を比べたりしていた。

沼地に行くと、白いワンピース姿の女の子がいるので、ギクッとした。

一瞬、わたしはまるで鷺《さぎ》の尖《とが》った嘴《くちばし》に胸を突き刺された感じがして、立ち竦《すく》んだ。女の子を見つめたまま、近づきバケツの中を覗くと、一匹の青黒いテレピアがいる。上目遣《うわめづか》いでわたしを見る子は、身近にいる女の子に比べると格段に色が白かった。わたしはワンピースの裾《すそ》が風に舞い上がるのを意識しながらもいくぶん離れたところで釣糸を垂《た》れた。ときおり視線が合うとき話しかけてくるような目はいくらか翳りをおびてみえる。二時間くらいいても一言も喋らないので、もしかしたらクロトンの家に住む、年中腹をふくらませて道を歩いているあの聾唖《アバババァ》の姉さんと同じかもしれないと考えをめぐらせたりしてどぎまぎした。ところが旋風《つむじかぜ》が吹き池の周りの葦が揺れ水面に皺《しわ》に似た風紋をつくりだしたときだった。食らいついたテレピアを急いで釣針から外しバケツに入れているとその子が近寄り、ちいさく笑いながら「ここ、あるの、魚、三匹、ちょうらい」と、たどたどしい言葉で指を三本立てるので、台湾人であることが分かった。それも大きなテレピアを欲しいということらしい。「どうせ食えないから全部やるよ」と言うと、目をまん丸にして首を振りながら自分のバケツに移し終え、頭をぺこりと下げると、ひらりと背を向け歩きだした。それからふと思い出したように立ち止まると肩越しに振り向く。しばらく髪にかくれた顔からわたしがどう反応するか推《お》し量《はか》る目でこちらの目を覗き込んでいたが、遠慮がちな素振りで山の谷間の向こうへ誘う仕種をする。どうしたものかと考えたがなぜかわたしはバケツを彼女の手から手繰り寄せると歩きはじめた。手を胸もとへひっこめ、浮くような足はこびの子は、わたしよりも背が高く、胸はふくらみ、すんなり伸びた長い脚をしている。肌は、貝殻の裏のようにつややかで毛穴が見えないくらいだった。これまで見かけた台湾人特有の野暮《やぼ》ったさはない。わたしたちは小道沿いに小川の清流の音を耳にしながら岩場を飛び跳ね歩いた。薄暗いところを登り下りしていて、高く伸びた大きなシダの根もとを不器用に飛んでは姿をくらますコノハチョウを見つめたあと、彼女は自分の名前を汪彩花《おうさいか》だと教える。低木の枝では、その全身の色が珍しくて飼ったことのある緋色のアカショウビンが何かを警戒しているのか、静止したままわたしたちを見つめている。会話に慣れてくると、繋ぎ合わせるように話しかけるぎこちない彩花の言葉でもその意味は伝わった。やがて小道にはいのぼり、ウナギ売り親子が住んでいたという屋敷跡を見ながら村の入口脇にある細い道の茅《かや》をかき分け歩いて行くと、粗末な家が目に入った。近くにぽっかり口を開けた洞窟がある。そこは台湾部落からいくらか離れていた。彩花のところはパイナップルをつくっている他の家と違って、お茶を栽培しているのだと話していたが畑は荒れるに任せている。かつては部落の真ん中にあったという彩花の家は目前に山が迫っていて、そこだけ陽の昇るのが遅いのではと思われるほどだった。家の中はがら〜んとして寂しい感じがする。埃《ほこり》が舞い降り白い薄膜になった板の間を、ヤモリどうしが追っかけじゃれ合いながら甲高く鳴いている。薄暗い部屋の壁一つ隔てたところにあるらしいラジオからは意味の分からない台湾の歌が高いボリユームでながれているのに混じってなにやら声を押し殺した獣《けもの》の喘《あえ》ぎが波のように微かに打ち寄せてくるのを感じ、後ろの彩花を振り向いた。とたん彼女は目を伏せ、家から遠ざかり庭の辺りを歩きはじめる。水牛に引かせ水田の整地に使用する、縦溝の深い切り込みのある古ぼけた転物《クルバシャー》という農具が放置されてある。どれくらい雨に打たれたままなのか付着していたはずの泥は洗い流され、木目が静脈のように浮き立っている。その転物の辺りで羽毛の汚れた五六羽のアヒルが、のべつ虫をついばみながら忙しそうに歩く。アヒルの糞の点在するじめじめした庭に、真水の入った大きな樽《たる》の中で小さなテレピアがいる。汚れた池でときおり跳ね上がったときにみせる白い輝き以外には関心がなかったので、まるで別の魚を見せられたみたいだった。ときおり尾びれを力強く撥《は》ねて泳ぎ回る。珍しそうに覗き込んでいると、釣ったあと一週間くらい泥を吐かせ、食べるときは血を抜き、切り身にして油で揚げるのだという。骨が多くて食えるものではないと聞かされていたので意外だった。彩花はテレピアは台湾の魚だと言い、自分の父親が持って来たのだと話したあと、わたしの見ているまえで今し方釣ってきたテレピアを数匹すくい、撥ねるテレピアの腹部にほそい包丁の先を差し込むと、すーっと裂き、腸《はらわた》を取り出し手際よくさばきはじめる。竈《かまど》に薪《まき》をくべると底の深い変わった鍋に油を入れテンプラのように揚げる。嗅《かい》いだことのないにおいが漂う。それを皿に乗せるとご飯と一緒に差し出し、食べるように促す。わたしは恐る恐る口にした。やはりこれまで食べたことのある魚とは違う。それに彩花がいうように血を抜かなかったせいか、舌根にいくぶん血の味の残るものだった。

それからというもの、そこの沼は彩花とわたしの秘密の場所になり、ときおり会うと彼女の家へ遊びに行くようになる。ところが彩花はいつも来るわけではなかった。彩花がいないときは沼地から松の木のところに来ては佇み、来るかもしれない、いやきっと来るはずだ、と勝手な思い込みで待ちつづけ、谷間になったところからカーブを描いて伸びてくる道をひたすら見つめた。物音がしてだれかが坂道を自転車を引きながらのぼってくる。ときおり村でも見かける顔で、南京豆《なんきんまめ》に溶かした砂糖のころもをつけた落下糖《らっかとう》を売りにくる行商の台湾人だ。最近ではナントゥという独特な味のする島の餅《もち》さえも売るようになっている。松の木のところが高台になっていて、そこから村や町までは下り坂になる。松の木の根もとでうずくまったわたしを見た台湾人が親しみをこめた笑顔を投げかける。わたしは口もとを少し緩《ゆる》めただけで大きく息を吸ったあとゆるく吐き出し、溜め息をつく。台湾部落から村へ繋がる道はそこだけだった。やがて台湾人は自転車に跨がると坂道をながし、瞬く間に遠くの村に吸い込まれていくように小さくなっていった。彩花と出会い、彩花の繊細な指に触れた日から、わたしの日常に大きな変化が起きはじめている。まるで彩花という、きらびやかな光を放つ星の中へ迷い込んでしまった感じだった。これまでにないものに支配されている。身体じゅうの血管を流れる血液でさえ速度を増しているようだ。彩花に逢いたい気持ちはあっても一人で訪ねるのははばかれる。少しでも彩花の家の近くまで歩いて行きたかったが、台湾部落の近くは田んぼになっていて、村人の目がある。バンナー岳に登ったら彼女の家が見えないものかと思いを巡らせてみる。それしか彩花に逢える手段はない。そう考えるといてもたってもおれなくなった。

目の前に聳える山を仰ぎ見る。木陰になった松の木の下以外は真夏の太陽を受け輝いている。木々や草の葉先に当たった光線が弾けて辺りいちめん光の粒子が踊っているように見える。じわじわ吹き出てくる汗で首筋や背中のあせもの先がちくちくして痒い感じにおおわれ、思い切り掻きなぐりたい気分になる。しかし唾《つば》を呑《の》み込むと立ち上がり、眩しく照り輝く道を歩く。歩きながら、このように何かに憑《つ》き動かされている自分に妙なものを覚えた。わずか二、三ヵ月前なら及びもつかないものだった。そのころ縁側に寝ころんでいて、山の彼方からわき上がってくる雲を見ながら、その向こうのことを考えてもみなかった。知らない場所へのことなど関心が無かった。そんなことは雑誌や本の世界の中だけの憧れだった。それに人見知りするわたしはいつもどんなことを話せばいいのか、どんな態度をとればよいのかさっぱり分からず、きまって悪い印象を与え、気まずい思いを残すばかりだった。そのわたしが目に見えない感情に惹《ひ》かれている。連なる山々が山肌からしてV字に拡がっているのが分かる。わたしは台湾人が登ってきた道とは違った右手のアダン葉の茂る山道を歩いていた。木の上から、首筋や胸にかけて黄緑色のアオバトが赤い目で遠慮がちに首を傾げて見下ろしている。以前、父と歩いたことのある曲がりくねって下ったり上がったりする細い道を木の枝をかき分けながら突き進んで行くと、途中陽の射す谷底のようになったところから冷たい飛沫《しぶき》をあげてくる岩場の切れ目に沿ってたくさんの芙蓉の木が生えている。花を付けてなくとも、風に葉裏を見せる切れ込みの深い葉形を覚えていた。わたしは沼地からは見えない角度にある木々の群生に目を向け、数ヵ月後に付ける花を想像した。瞼《まぶた》の裏にこれまで見たこともない芙蓉の花々のそよぎが、空一面に浮かんだまるい小さな雲のように連想されてきて立ち尽くしてしまった。その中にいるのはもちろんわたしと彩花の二人だった。しばらくだれにも秘密にしていて、花の時期に真っ先に彩花と一緒に見ようと閃《ひらめ》いた。彩花のことを思いつづけながら坂になったところを両脇の笹の葉を掴んでは、転がらないように歩き進む。左右の木々を見渡し歩いていると、大きな樫の木の根もとでなにやらごそごそしているので目を凝《こ》らすと、猪《いのしし》が体を擦りつけている。屈んでじっと見ていると、勘づいたのか、静止し、鼻先をアンテナのように振っていてわたしのいる方角でぴたりと止め、頭を低く下げ顎を引いた姿勢で唸り睨むように見つめたあと、慌ただしく姿をくらました。わたしは咄嗟《とっさ》に拾い上げた役に立たない朽ち木を握った手をゆるめた。やがて山の頂きが手前に見えるころになると尾根沿いの様相が、這うような低い木々に一変してくる。息を吐き、額の汗を拭いながら前屈みに歩き進んだ。ふと、風が左から尾根を越えくねってながれていくのを感じ足を止める。わたしは風が生まれてくるところへと視線を向けたあと、下界を見下ろした。遠くに入江になった遠浅の海が見え、手前には高い山に囲まれ楕円形になった盆地が拡がっている。なだらかな山の裾野には霞んだ青緑色のパイン畑があり、中央部辺りから四方に拡がるように砂糖黍畑がある。左寄りに身を寄せ合うようにしてはいるがいくぶん膨らみを持ちはじめた台湾部落が見える。そしてそこから距離をおいて傾斜の近くに見覚えのある家が在《あ》る。風に額や首筋がひんやりするのを覚えながら、しばらく佇んだまま丸くなった褐色の毛虫のようにぽつねんとした彩花の家をじっと見つめた。とおくからの風が山肌の木々の葉を揺らしまるで波のように押し寄せてきて、周りの細い山竹をざわつかせる。わたしは彩花の名前をつぶやくと、急な傾斜を、木々や蔦《つた》を払いのけ、足をとられないように木の枝を掴みながら縫うように蛇行し、懸命に下った。やがて目当ての家や庭などがハッキリと目に映ってきたとき、大きな黐の木に身を隠すようにして彩花の姿を探し求める。しかし彩花は見当たらず、見覚えのある樽の周りをアヒルがあの日のように慌ただしく尻を振っている。わたしは溜め息を付き、うずくまった。腐葉土の泥濘《ぬかるみ》で汚れた靴先を見つめていると、なぜか見捨てられたような気分に襲われ、いい知れぬ失望感が全身をつつみ始め、胸の内で彩花に届けとばかりにその名を叫びつづけた。立ち上がり、踵《きびす》を返すと斜面を見上げ、朽葉を力なく踏みしめ歩き出して、振り返ったとき、気のせいか家の裏手から二つの人影が抜け出ていくのを、ちらりと見たような感じがした。そのあと斜面の中腹まで上がったときにも、馬の蹄《ひづめ》の音が微かに耳に響いていた。

沼地に行くと彩花がいた。

わたしは昨日のことが嘘のように、胸の高鳴りを抑えきれなかった。わたしの気持ちを読みとったのか、ほっそりした首が支える頭を傾げると彩花は笑みを浮かべる。わたしは彩花と並んで腰掛け、釣糸を垂れた。彩花のバケツにはテレピアが四匹も跳ねている。早い時間からわたしを待っていたのだと思うと悪い気がしないでもない。しかし、何故ここまでテレピアを釣りに来るのだろうと、漠然とした疑問がわき上がったが、すぐさま頭の隅に追いやった。竿の手を持ち替える振りをしながら彩花の横顔を盗み見した。眉にかかった前髪が風にゆれている。いくらか目尻のつり上がった大きな瞳も涼し気な感じがする。逆光で鼻の下の産毛が金色に輝いている。見つめられているのを意識しているのか、うっすら上気して頬を紅潮させる彩花の唇の片方が徐々に上がっていく。と、音がして、彩花の竿がしなって、ぐいと糸が張り、水面からテレピアが姿を現した。これまでみたこともないものだ。わたしは慌てて自分の竿を放り出し、逃がさないように彩花がバケツへ放つのを手伝った。身を捩《よじ》ってようやく入るほどの大きさで、他のものとは比べようがないほどだ。彩花の喜ぶ顔を見ているとなぜか自分のことのように嬉しくなっていくのだった。わたしはまだ一匹も釣ってはいなかったが切上げ、彩花を送ることにして立ち上がった。いつものようにわたしはバケツ、彩花は二本の釣竿を持ち歩きだす。彩花といろんな話をしようと考えていたのに、こうして肩を並べて歩いていると何から話していいのか分からず、すべて忘れてしまっているみたいだ。また、どういうわけかわたしと彩花はゆっくり歩いているはずなのに、周りの風景は早い速度で移り変わっていくようだった。やがて彩花の家へ着くと、樽の中へテレピアを放つ。もう一匹こんな大きなものを釣ろうと話し合ったあと、腕や首を回したりして、軒先の板の間に腰を下ろした。彩花は樽の中を飽きずに眺めている。振り返って何気なく家の中を見回した。仏壇に似たところに写真みたいな男と女の肖像画らしきものがある。わたしがそれを見つめていると、彩花が自分の両親だといった。だが暗くて、あたりに貼られた菱形のつらなった赤と黄の色がぼんやり浮き上がっているだけで、はっきりしない。彩花の話が病死した母親のことから父親へと移ると、音もなく戸が引かれ、暗がりの中から年嵩《としかさ》の女がよろよろっと現れて、ほそい目で彩花を見つめ、わずかに首を横に振った。

その日はそれで帰ったが、次の日に会ったとき、彩花から父親が島の人に殺されたことを知らされた。いつだったか、わたしの父が叔父を交え、数人の男たちと蛸《たこ》を肴《さかな》に酒を酌《く》み交わしているときに、戦地で強姦した女の耳を切り取り、数を競ったことを歯をせせっては話していたことがあった。帰還してから、水牛を台湾から数十頭引き連れて来た台湾人を暴行したこともあるという。また去年の冬至のころには、干潮の名蔵湾で仮死状態になって海面に浮かんだ魚を拾いあげている台湾人から魚を分捕って来た、ということなどを盗み聞きし興奮していたのを覚えていたので、もしかして父もその殺人に加わっていたかもしれないと思い、彩花の話を聞きながら何か落ち着かないものを感じわたしはただ黙ったまま頷《うなず》いた。

鉄男は父や叔父に似た性格で嫌な奴だった。ところが父は彼を可愛がる。父は彼の前で「お前みたいな虚弱者が世の中を渡っていけるかなあ」と侮辱する。二度目は井戸端で小刀をしゃかしゃか研《と》いでいるときで、「軍隊だったら鉄男みたいに腕力がないと役立たずさ！」と、どやした。切れぐあいを確かめるため鈍色《にびいろ》の刃に親指の腹をすべらせ、血の滲んだ指先を吸っている父に、笑って誤魔化したが胸の内にはいいようのない荒波が渦巻いていた。父や母にはあまり話さなかったが、友だちとぶつかったり、頭に衝撃をうけたりすると、決まったように鼻血がでた。強く鼻をかんだり、晩くまで起きた翌朝でさえそうだった。鼻の奥に生温かいものを感じるとき、生き物のようにするっとながれでる。医者の治療を受けても治らなかった。試験のときなど突然答案用紙にぽたぽた落ちてくるので、鼻を上に向けたままじっとしていなくてはならなかった。血が止まったあとは、喉《のど》に絡まるので、老人が痰《たん》を吐き出すようにした。当然激しい体操のときなど休まなければならなくなっていた。その原因は鉄男だった。小学六年のときわたしがクラスで一番の成績になって女の先生に褒《ほ》められたとき、鉄男はビリだった。その日の学校帰りにガジュマルの木の下で待ち伏せしていた鉄男が、涙を溜めた目で、異常とも思えるほどにわたしの顔を連打したのだ。その日からだった。毎日のように鼻血がでるようになったのは。鉄男はわたしが先生のいうことを聞かなかったので、みんなの前で激しくビンタを食らわされたのだ、と言葉巧みに話していたのだった。母は納得のいかない顔をしていたが、わたしの父は笑っていたと、したり顔で鉄男は話していた。

そんなことで父はいつもわたしへ役立たずといわんばかりの目を向けていた。父は日ごろから生き物を殺すのをなによりも得意がっているふしがあった。猪や近所の牛馬を潰《つぶ》すときとか、それに犬や猫までも自分からかってでていた。それだけに山刀や小刀、包丁などの手入れは欠かさなかった。ところがおかしなことに身内のものが血をながしているのを見るのは嫌のようだった。それからというものわたしを遠ざけ畑仕事の手伝いからも外していた。

欲しかった自転車をやっとのことで手に入れる。

自転車店の主人からタダ同然で譲り受けた古い部品で組み立てたものだった。これで彩花と毎日のように逢えるのかと思うとわたしの胸は高鳴る。自転車のスタンドを立て、車体をボロ切れで拭き、ところどころおできのように吹き出たリムの錆を、サンドペーパーで擦り落としたあと、ボロ切れを軽くリムに当てながらペダルを回す。回転するリムはいつか見た月明かりの沼地のような銀色を放つ。その輝きに見入っていると不意に昨夜の夢のことが甦る。病院から帰ってきて裏座で横たわっているとまわりが急に薄暗くなっていき、身体がすーっと落下していくような感じになったかと思うと、いつもの沼地にわたしがいる。それを、もう一人のわたしが空から雲の大きさで、見おろすように眺めている。独り、沼地のわたしはときどき空を見上げながら釣糸を垂れる。辺りはまるで洞窟のようにしんと静まりかえっていて、よく見ると、わたしの鼻から出ている血が線をひき、足もとから這うように沼へながれ瞬く間に沼の表面を覆う。恐ろしくなり空から叫ぼうとするが声が出ない。焦点の定まらない目のわたしはやがて鼻からのねちっとした細いチューブのようなものに首のあたりから身体をぐるぐる巻き付けられ、引きずり込まれるように静かに沼へ沼へと手繰られていく。どういうことか、その後から母や父、それに鉄男のお父さん、隣のおばぁがついてくる。その時、突然、空にいるわたしの鼻からも巨きく膨らんだ鼻血の滴が落ち、ぽったんぽったん音の響きを立て、盛り上がる水面を揺らし、それが弾けて溢れ出し、凄まじい勢いで辺りをたちまち真っ赤に染めていく。悲鳴を上げ、夢から目覚め咄嗟に鼻へ触れる。鼻の穴や鼻の周りに粘りついた鼻血が指先にこびり付いていた。その奇妙な夢のことを思い出しているとき、馬に乗ってやって来た鉄男が舐《な》めきった顔でわたしを見下ろし、小馬鹿にする。畑へ行く支度をしている父は鉄男を眺めながら、男らしいと褒める。彼のどこがいいというのだ。心のなかであざ笑った。彼はわたしの釣ったテレピアの大きなものを盗み、自分が釣ったものだと自慢して回るずるい奴だった。

いつもの沼地で彩花と待ち合わせると、名蔵の辺りの山道やバンナー岳の松の木付近を村人に気づかれないよう自転車に乗せる。前かがみになってハンドルを力強く握ると、肺いっぱいに空気を吸い込み活を入れる。遠くに一羽の落《う》てぃ鷹《だか》が、翼をいっぱいに広げて風を受け、ゆっくり旋回しているのを眺めながらペダルを踏み、腿《もも》の筋肉に力を込めると勢いよく漕《こ》ぐ。頬《ほお》に当たる風が二つに切れ後方へながれていく。彩花のはしゃぐ声が澄んだ鈴の音に似て、背後で響きわたる。彩花は家に植えてあるリュウガンがあと一年くらいで実を付けるから、真っ先にわたしにあげるのだと話す。前方を向きながらわたしはうなずく。あふれるくらいの緑の香りが、鼻孔に伝わってくる。樹皮と見分けのつかない蝉が鳴いている。あたりはすっかり静かだった。道を覆う樹々の間からの木漏れ日がわたしと彩花をまだらにしては消える。心臓が鼓動しはじめる。甘くこころよい樹液の匂いが発散されている。雑草の生えたデコボコの山道は自転車を走らせるにはよくなかったが、彩花の額《ひたい》がときおり背中に触れるだけで夢心地だった。これほど浮き浮きした気分はかつてない。彩花と出会え、こうして自転車に乗せているということが、わたしにとってはまるで奇跡のような気がする。しかも、彩花のほうから微笑みながら寄ってきて。寂しかったのだろうか。友だちが欲しかったのだろうか。いずれにしてもふだんならあり得ない。だからそれが起きたときと同じように不意に消滅してしまうのをひどく恐れた。そのことを考えただけで心臓の動悸は早まる。しかしそれはいつもの心配症によるもので今ではそのことをまるで気にも掛けてなかった。彩花とわたしにそのようなことが起こりうるはずもない。瞼をうすく閉じると、テレピアの群れにまじって身をひるがえしつつ笑いながら泳ぐ彩花がいる。わたしは彩花と一体となったまま朝までペダルを漕いでいたかった。わたしが、大きな声で、いつものおばぁからのことを、何気なく話すと、彩花は自分も手伝いたいと言う。夜中になるから駄目だといっても、それでもいいと言う。彩花は中のものに興味をしめし、是非《ぜひ》見たいともいう。どんなことであっても、彩花から頼まれるというそのことがわたしには嬉しかった。

それで沼地で逢う約束をする。

おばぁには埋めたと嘘をついていた。考えてみれば自分が何を埋めているのか疑問に思ったことなど一度もなかった。夜中の作業だったので時間に追われ、埋めたあとはなにやら怖くなり、ズボンの土を払い落とすと、松の木の辺りから加速のつく坂道を全力でのめりそうになりながら走って帰った。しかし今はこれまでとは違う。自転車がある。しかも昼間だ。余裕のようなものを感じていた。

いつものとおり彩花はやってきた。

自転車なので気にならなかったが、今度の物はいつもより細長い。大きな冬瓜《スブル》くらいだった。佇んでいると、照り輝いていた陽が、たちまち雲に覆われはじめ、突然、谷間からひんやりした強風がひとしきり吹き荒れてきて、木々や、沼地の葦をざわつかせたあと、ぴたりと止んだ。わたしは空中に舞う木の葉を見上げ、いっそう濃くなる静けさの密度に張りつめた空気がひびを立て割れそうな気配を感じながら、包みの紐をといた。布きれを開く。その中は、緑色の紙のようにやわらかくなっている芭蕉の葉で包まれていた。それを広げる。すると包帯のように幾重にも幾重にも巻かれてある。繭《まゆ》になった蚕《かいこ》を熱湯につけたあと糸をぬきとるように、布きれをほどいていく。ねちねちしたねばっこい半透明の糸が条《すじ》をひく。回転する冬瓜《スブル》のような物体は終いのあたりになってくると、何かしらむっとする肉塊のような臭いが鼻をついた。べとついた褐色の最後の包みをおずおず開けたとき息を呑んだ。何というのか、現れたのは巨きい虫のようなものだった。ぽってりとした細長い胴体から突きでて、ぬるぬるした短い八本の肉棒。それは節足動物のようだが、よく見ると、男と女の二つの赤ん坊だった。しかも頭部の側面が合体していて、片方を上向きにすれば、もう片方はうつ伏せになる。お互いがつねに逆方向を向く。不思議なことに上向きの男のほうは、いまにも溶けそうな青く透きとおった肌をして目を閉じているが、片方の女は大人みたいな黄色い目が驚愕《きょうがく》したように見開かれ、虚空を見つめている。まるで数時間前まで息をしていたのではないかと思わせる肌の色だ。思わず身震いをする。わたしは、見てはいけないものを見てしまい恐怖に圧倒されたのと、気色悪さとで、身体じゅうを悪寒がはしり、足下から震えが這い上がった。とたん、堪《こら》えきれずに嘔吐《おうと》した。しばらくすると、なにやらおぞましいものが身体のなかでもぞもぞ蠢《うご》きはじめる感じがしてくるので、彩花へ身を寄せ、手を握り合った。だが、意外なことに蒼ざめた顔で血の気のない唇を押さえる彩花は、強張《こわば》りながらじっと見ている。ところがやがて瘧《おこり》のようにぶるぶる震えはじめて泣きだす彩花を、強く抱き寄せる。彩花の耳垂《みみたぶ》に三つの小さな黒子《ほくろ》がひっそりしている。指先で微かに突起する黒子に触れる。唇をふるわせる彩花はわたしの顔を見上げるように身をよじったあと、かぶさるように寄り添い、深呼吸をした。そのとき、柔らかな弾力のある胸と蕾《つぼみ》のような固い乳首が腕や脇腹に触れ、彩花の身体から漂ってくる芙蓉の花粉に似たさわやかな匂いがわたしを包んだ。

ある日、いつも獲物を嗅ぎつけるように俊敏な行動をとる鉄男が、わたしの顔の間近に顔を突き出し野卑な薄笑いを浮かべると、黄ばんだ歯をのぞかせ、耳打ちをした。それが、あろうことか彩花を抱いたというのだった。彩花にかぎってそんな事などありうるはずがない。嘘《うそ》だというと、十円で一晩寝たと言い、おまけに台湾ナーのあそこの毛はとても薄いよぉ、ともつけくわえる。気取られてはならないとしながらも、頬をこわばらせるわたしが、拳《こぶし》を強く握りしめ、わななくのを見て、勝ち誇ったように笑い、お前は何も知らないのか、お前のお父さんや俺の親父だって彩花の叔母さんと寝ているのだと言う。足の小さな女のあちらはいい味だと喋っていたとも話す。鉄男は小学六年生のころから声変わりをしていて、陰毛も生えていた。授業中に若い女の先生が近づいてくると、人指し指と親指に挟んだそれを先生の目の前で捩じって見せたりもしていた。それだけではない。五年生のときからの担任だったその先生の間借り先まで行き、突然、ズボンを外して性器を見せてきたと話していたこともあった。

　戸の隙間から入る夜風が、ささくれ立った神経で消耗しきったわたしの身体を、小刻みに吹きつけていく。鉄男の話を聞いたことできりきりとした眠れない重苦しい日がつづく。真っ白な芙蓉の彩花が、汚れながらねずみいろからしだいに黒へと変わっていくようだった。しばらく彩花とも逢わなかった。しかし、逢いたい気持ちを抑えることは出来ない。彩花を自転車に乗せた日のことを思い出していた。わたしの身体が木漏れ日にからみとられたとき、一瞬、彩花とシダの若葉のような恥毛を触れ合わせながら水遊びする光景が脳裏を掠めたりしたのだった。目を瞑《つむ》ると、釣ってきたテレピアの側線のあたりや腹びれづたいのなめらかな腹部を指先でさすりはじめる。彩花の甘く、温かく、柔らかい唇。口もとに感じる彩花の吐息。彩花を抱き寄せ、唇を奪う。歯と歯が軽くあたる。唇を重ね合わせたまま右手をゆっくり這わせていき、彩花の乳房を愛撫《あいぶ》する。性器がしだいに熱をおびてくる。彩花はくすぐったそうに身悶《みもだ》えながらも、手をつかんで抗《あらが》う。わたしは勃起《ぼっき》した性器に右手をかけ、左の人指し指の腹をやわらかくぬめる目玉へそっと押し込むようにゆるくまわしながら性器を固く握りしめ、激しくゆすり、炸裂《さくれつ》する閃光《せんこう》のように射精した。やがて、たちまち縮んでいく陰茎の先にねばっこく付着する精液を拭い、テレピアをわし掴《づか》みにして壁に叩きつけると、狂ったみたいに五寸釘をテレピアの目玉に突きあて、力を込め抜き射した。目玉から滲み出た赤い涙がしずかに流れだすのをわたしは凝視《ぎょうし》して泣き伏した。

どうすべきか、数日間思い悩んだ。わたしにはどうしても信じることができなかった。が、鉄男ならこれまでの行状からしてやりかねない、そう考えると、目の前が真っ暗になった。いずれにしても、彩花に会って問《と》い質《ただ》さなければならない。もし、そうだったとしたら鉄男をそのままにはおけない。でも、どうすればいいというのだ。いろんなことが頭の中を回転する車輪のように、目まぐるしく、いったりきたりしては、再び振出しに戻ったりして、このままでは狂ってしまいそうだった。戸惑い、躊躇する気持ちをハッキリさせなくてはと考えながらも沼地に彩花が姿を見せると、こんな話を訊《き》く自分が汚《けが》らわしく感じられ、彩花の顔を見つめると切り出せず、俯《うつむ》いたままだった。いつものように自転車に彩花を乗せて走らせる。しばらくすると足もとからチェーンカバーの擦《こす》れる不快音がする。ペダルを漕ぎながら、やがてくる冬の訪れに山の中腹の或る場所で群生して咲く芙蓉の花を見せる、と交わした彩花との約束のことを思うと胸が締めつけられた。彩花が語りかけても、相槌《あいづち》を打つだけで、内容は耳を素通りしていく。うわの空だった。鉄男のあの言葉だけが頭の中でこだましつづけた。背後の彩花が彩花でなく、ただの物体の気すらした。脚にまるで力が入らない。夜ごと、わたしの心は、緑色の目をした怪物の餌食《えじき》となり、もてあそばれている。気分はどこまでも落ち込んでいく。気力のない息を吐いているうち、やり場のない怒りがじりじりこみあげ、ときには危険な塊のようなものがペダルを踏むごと鼓動の響きとともに暗く全身に拡がるのを感じていた。

そんなことに胸苦しさをおぼえ苛立っているとき、産婆のおばぁからいつものことを頼まれたが断った。おばぁは目をまるくして、きょとんとしたあと不満げな顔をしたが、それどころではなかった。わたしにとっては彩花のことだけで頭がいっぱいだった。それと、このところ聾唖《アババァ》の姉さんが石垣から顔を覗かせランプのほやを磨いているわたしや父をいつまでも睨んでいたり、また奇妙な声音《こわね》で独り言をつぶやいては薄く笑い、乱れた髪に、はだけた襟《えり》で家の中を影のようにあてもなく歩き回る母のこともあわせて、交錯した苛立ちが層をなし歪《いびつ》に膨らんでは、自分でも分からない感情に揺さぶられ、突き上げてくる何かに身体が張り裂けていくようだった。

暗い裏座で、膝を抱き込み、蹲って壁に貼られた彩花をひねもす見つめていた。絵ではこれまで何回か入選していて、中学に入ってからは県内のコンクールで銀賞をとっていた。先生からも褒められ美術クラブに属していた。しかし自分の好きになった女の子を描くのは初めてのことだった。何回も描いては破いた。初めて会ったときから描こうと考え、スケッチブックに向かってはいた。

ところが、いざ鉛筆を走らせると、手が震えて、内側へ内側へと胸が絞り込まれ、鳩尾《みぞおち》のあたりで細い点になり、きゅっと痛みに似たものが疾《はし》り、顔の表面が微熱に覆われる。それでもようやく描き始められたが、部分的になり、顔全体を描くことが出来ずにいた。でも、何回も何回も描いていくうち、浮ついた気分がだんだん鎮《しず》まるようになっていって、彩花と四度目に会ったときの翌日に仕上げられたのだった。座って真っ正面に位置するところに貼りつけてた。彩花と対話をしていると、戸の隙間から、濃い不精ひげの父が猟犬のような眼で覗いたので、慌てて戸を閉めたこともある。彩花の潤《うる》んだ瞳が、昼も夜もわたしを見つめている。鼻梁《びりょう》から鼻尖《びせん》、鼻翼《びよく》と念入りに描いた。鼻の下のすじくぼみの人中、それから少し厚めの上唇、重ね合わせれば、スモモのようなみずみずしさの唇に、白い歯もわずかにのぞかせてみた。そして思い出したように耳垂《みみたぶ》の黒子《ほくろ》も描き添えていた。そんなことでわたしは彩花のことだけを思い、鉄男の話していた邪悪《じゃあく》で淫《みだ》らなことを頭の中から追い払おうとしているのかも知れなかった。だが、いくら追い払ってもすぐまたそれらが元の位置に居座りさらに大きくなっていくのだった。

水面の光りはその姿を刻々と変えていく。いつもより早く沼地で彩花を待っていた。彩花が居なくても空を見上げては壁の彩花を想像していた。でもやはり気掛かりだった。ときおり顔を上げ、沼地に通じる細い道に目を向ける。風にそよぐ葦の葉擦れがして髪を束ねた彩花が静かに歩いて来た。わたしはすくっと立ち上がると、鎖を断ち切っていきり立つ獣のように彩花へ向かっていく。歩幅をゆるめながらも彩花は歩みを止めなかった。だが彩花の顔には明らかに不安と緊張の色が浮かんでいた。わたしは今日こそ彩花の心の最深部まで手を伸ばさないではおれない。立ち止まって両手で彩花の肩を強く握ると動けないようにして、彩花を射るように見据えたあと、静かに言葉を切り出した。

「彩花、悪い噂が……」

話しながら彩花の目の奥にすっと影がさすのを逃さなかった。

彩花は黙ったままだった。

わたしは彩花の肩を揺さぶった。

「実は鉄男から聞かされたんだ、お前のことを」

彩花の眉がぴくりと動いた。

「わらしの？」

「うん……」

ほんとは「お前と鉄男のこと」を、と問うつもりだったのに、ただ頷き、彩花の強い視線にたじろぎ、俯《うつむ》いたままわたしはまったく違ったことを口走った。

「彩花……、ぼ、ぼくは、君が……、彩花が好きなんだ……」

唇を噛んでいた彩花の表情がゆるんだ。

「わらしも、はじめて会ったろきから、信一さんこと好きぃよぉ」

彩花は、肩の手を払いのけるとわたしを静かに引き寄せる。わたしはどうしていいか分からず、言葉を失ったまま身体が熱くなった。彩花は瞬きもせず静謐《せいひつ》な瞳で見つめ、わたしの頬を両手でやわらかく挟み、唇に自分のかわいた唇を重ね合わせる。たちまちわたしはくらっとして、身体の芯《しん》が痺れていくのを覚えた。うろたえていると彩花の身体が擦り寄る。わたしは熱をおびた下半身を彩花の腿の辺りから浮かせるように離して、彩花の首筋へ手を回し、頭を反らすと彩花の顔に目をやった。額を合わせ、もう一度話しかけようとしたとき、彩花が荒っぽく引き寄せた。そのとき、鼻柱《びちゅう》の奥がつんとして生温かいものが這うように鼻孔をつたわってきて、彩花の胸のあたりに落ちた。鼻血だった。腰を落とし、顔を上向きにしたわたしに、彩花はまるで子どもを扱うように抱き、腿の上で身体の向きを変えさせ、一瞬わたしを凝視してから、抑揚のある不明瞭《ふめいりょう》な台湾語を発し、どことなく悲しそうな表情でワンピースの裾をたぐり、縒《よ》るようにして唇をすぼめ唾をつけると鼻の下の血を拭き、躊躇《ためら》うように顔をそむけた。彩花の目はこれまで見たこともない沈んだ光を湛えている。やがて小刻みに肩を上下にゆする彩花の目から大粒の涙が溢《こぼ》れ頬をつたった。落ち葉がわたしと彩花に音もなく降り積もるのを感じた。子どものとき母とじゃれ合っていて、太腿のつけ根に顔をうずめ鼻孔いっぱいに嗅《か》いだあのときと似通ったものが、彩花の股間《こかん》から漂ってくる。身を固くしたわたしは、ときおりしゃくりあげては歌う低い哀調をおびた彩花の歌声を聴きながら空をながれるちぎれ雲を眺めていた。


翌日、彩花は沼地にいなかった。

次の日も姿を見せなかった。

わたしは沼地の葦がそよぐたびに彩花の姿をさがし求めた。

しかし彩花は来なかった。

彩花のいない世界などわたしには考えられなかった。

わたしは彩花へ問い質そうとしたことを悔やんだ。だが、そうしないではいられなかった。彩花はわたし一人のものだった。どうあっても、清らかなままでいてほしかった。ましてや、汚れるということなど、あってはならなかった。二学期が始まっていたが休んだままだった。学校なんてもうどうでもよかった。そういえば彩花も学校へは行ってないようだった。あれこれ考えながら、無表情な池の表面にときおり立つさざ波をぼんやり眺めているうち、いつの間にか彩花の唇をなぞるかのように自分の指を唇へ這わせては、これまで夢見るような憧れで想像していたのとはいくらか違った、生まれて初めての、あの、一瞬の口づけの感触を何度も何度も確かめていた。やがて陽が木々の梢《こずえ》から落ちると辺りはしだいに陰影をともなった風景に変わっていった。何処から飛んで来たのか沼向こうの水面へ突き出た枝振りのいい木へ白鷺がふわっと舞い降りた。わたしはながい脚を交互にふみしめては無心に羽根をつくろう様子をしばらく見つめたあと立ち上がり、松の木のところまで引いてきた自転車へ跨がるとペダルを踏み込み走らせた。夕暮れどきの木立を抜ける風のひそやかな音にまじって、「信一さんこと好きぃよぉ」という彩花の囁き声が背後から響いた。

彩花のことで頭がはち切れんばかりのわたしが、自転車のチェーンのたるみを手入れしているときだった。無骨《ぶこつ》な手で馬に草を与えていた父が、両手をはたきながら不機嫌な顔つきで近寄り、眉間《みけん》に皺《しわ》を寄せ、「お前、台湾ナーと遊んでいるという噂だが、あんな奴らと遊ぶな！　俺まで汚れる！」と乱暴に話しかける。「遊んでるといっても、ただ沼でときどき会うだけで……」「だから、それがイカンと言っている!!　テレピア釣りは止めろ!!　女の絵ばかり描いていて、少しくらいは鉄男を見習え。このヨーガリムン（痩せっぽち）は……言っていることが分かるな!!」俯いたまま、いつもの吐きすてる口調のあと一言付け加えるのではないかと身構えながらも歯向かうように怒りを爆発させた。（……ヨーガリムンがどうしたってんだ、ったく……。だれがどう汚れるというのか。好きな人を描くのがなぜいけない！　彩花はぼくにとって特別な女の子なんだ。こんなやさしい綺麗な子がどこにいる！　それにみんな、台湾ナー、台湾ナーと馬鹿にするが、台湾人のどこが悪い！　彼らがいったい何をしたというんだ！　これではまるで彼らが伝染病患者か何かみたいでかわいそうではないか！）。わたしの表情から胸の内を読み取ったのか太い足がにぶい音を立て砂利《じゃり》を磨り潰す。重圧がのしかかる。今にも後頭部を強打され襟首を持ち上げられビンタを激しく食らわせれられる、とぴくついたそのとき、薄暗い板の間で膝頭を立て下腹部を露《あらわ》にしたまま瞳に包丁の切っ先の光をぎらつかせていた母が、突然わたしたちを指さすと手を叩き、脳天から突き抜ける異様な甲高い声で笑った。父はうんざりした顔で馬草を投げつけた。ところが母のところまで届かず庭に散らばるのを見て、母はなおも一段と声高に笑いつづけた。わたしは油の染みたぼろぎれを放りだすと裏座へと走った。

　翌日になって、陰鬱《いんうつ》な空気を打ち破るかのように村を揺るがす大事件が持ち上がった。台湾部落手前の田んぼで仕事をしていた村人が帰り際に、子どもへ食わせるバンシュルの実を探していたところ、断崖の下の岩場近くで瀕死《ひんし》状態の鉄男を発見したというのだ。その時刻、田んぼにいる村人が、慌てふためいた少女を見ていることや、それにしばらくして台湾部落から少女を含めた数人の男たちが駆けて行き、現場近くを大声で話をしていたという。そのことは瞬く間に村中に広がり、村の男たちがわたしの家へと群がってきた。父と叔父を中心に組織された男たちは「ヤナ台湾ナー、叩《たた》っ殺《くる》せ!!」「彼らは島から追い出せ《ウッターヤスマカラウイバラシ》!!」などと声高に叫んでいる。農民だけではなく見覚えのある教師や護岸の辺りに住んでいる赤い髪の漁師《ウミンチュ》たちも駆けつけている。近所の爺さんやお菓子屋さん、映画館のおじさん、それにあの自転車店の主人までもがいる。それぞれ手に持った六尺棒に銛《イーグン》をときおり地面に打ちつけたり、チェーンを振り回したりしては荒い息遣いでいきり立っている。夕方ちかくになると庭から溢れだした群衆は通りを埋め尽くし、百五、六十人に膨れ上がっていた。松明《たいまつ》をかかげると男たちのギラついた目をした顔が凄まじく浮かび上がった。井戸端の色づきはじめた大きな葉っぱの木が突然の風にざわつき、松明の火の粉がなぶられるように四方に散っては上空へ舞い上がる。どこからか野良犬の遠吠えがひっきりなしに聴こえてくる。わたしはわずかに開けた一番座に面した裏座の戸の隙間から、母の背中越しに縮こまりながらも一部始終を見つめていた。やがて縁側に腰掛けていた父が立ち上がり、革帯《ベルト》を腰に巻き付けると、叔父が馬の手綱をほどき父へ渡す。そのとき叔父がジロッと暗がりの母へ目を向けた。その顔に一瞬、鉄男がダブりぞっとする。叔父は赤馬へ父は黒馬へとそれぞれ跨がる。二頭の馬が交互に嘶《いなな》き、庭の砂利を蹴散らし門を出ると、群衆はどよめく。父が声を荒らげ、大きく叫ぶと、銅鑼《ドゥラーン》の音が響きわたり、さらに呼応するかのような喊声《かんせい》が辺りにこだまする。群衆は東の方角へと歩みだす。わたしはしばらく震えながらうずくまっていたが、立ち上がり、母へ気づかれないようにそっと戸を閉めると、裏角に面した戸を開け、潜りぬけるようにして外へ出て、馬小屋の傍らからこっそり自転車を引きずり、門を抜けると、通りへでた。闇のなかにはまだ微細な埃の粒子やあらぶれた人いきれがよどんでいる。自転車に跨がると、切れぎれのかぼそい息を何度も吐きながらペダルを踏んだ。わたしは遠くの松明の明かりを見ながらもう一つの東の道を選び、腿にありったけの力を込め漕ぎ出した。風が首筋や脇の辺りを冷たくさせる。季節の変り目を告げる北風が山の方角から吹きはじめている。だぶだぶのスプリングシャツが身体に張りつき背でぱたぱたする。震えながらも、小さく揺れる松明を早く追い越さなくてはと焦る。追い越したにしても同じ道から先へ行くことなど出来はしない。それも群衆より早く台湾部落へたどり着かなければならない。だとすれば何時もと違う山道から入らなければならない。あれこれ考えながらも力一杯ペダルを漕ぐ。首を前へ屈め、目を細め、漕いでいくうち、いくぶん闇夜になれてくる。馬車の通るところだけ禿げていて真ん中の草の伸びきった盛り上がりにハンドルを取られ、ぐらつきながらも、懸命にペダルを漕ぎつづける。バンナー岳の近くにくると自転車を草むらに放り投げ、駆けだす。山へ入るとき、後ろを振り返った。松の木のかなり遠くに松明がゆれている。これだと先へ着くことが出来る。枯れ枝やマーニの葉を両手で払いのけながら先へ先へと登る。ときおり木々の間から見える星は強烈に光り輝いている。星明りにわずかに白く浮かび上がる細道をたよりに歩く。しかしそれも束の間、ぶ厚い雲が空を覆い、ふたたび真っ暗に塗り替えられる。坂を下りさらに坂を登っていくと別れ道に出くわし、はたと立ち止まる。いらつく気持ちを抑えに抑え何度も深く息を吸い込んでは吐く。じっと道を見つめていると左の頬を微風がよぎるので、そこへの道を歩き進む。きっと彩花のいるあの盆地から吹き上がってきた風が尾根を下っているに違いなかった。とにかく彩花のことだけを思い歩く。曲がりくねった尾根づたい近くから谷間のようになった山道が見下ろせる。そのとき松明の明かりに浮かび上がった群衆が大蛇のようにくねりながら進んで行くのが目に飛び込む。わたしは固唾をのむと脚や腰にありったけの力を込め先へと急いだ。しだいに強まっていく風に辺りの山竹は波打つ。風はくねって渦巻き尾根を越え木々をざわつかせてはすべるようにながれていく。ようやく以前来たところへ辿り着いたのではないかと確信する。ふたたび雲の切れ間から星々が強い光を放つ。息をはあはあさせながら西の辺りを眺める。遠くにぼんやり鈍色の海が横たわり、山の稜線や畑、それに部落の地形などが闇の中から微かに浮かび上がると思わず彩花の名を口走った。奥歯を噛みしめ、足を踏み出そうとしたそのとき、何処から飛び出してきたのか、夥《おびただ》しいばかりのコウモリが鳥や獣の啼き声を一度に放ちながら頭上すれすれに旋回してくる。思わず頭を抱え込み屈むと石のように身を固くした。しばらくすると辺りはまた嘘のように静寂に支配される。わたしは尾根から彩花の家へと低く垂れ下がった木々の枝を掻き分け、転がるように向かい進んだ。彩花のところまではもう僅かの距離だ。間に合った、とうとう間に合ったのだ。今すぐ、飛んでいって彩花を引《ひ》っ攫《さら》いたいほどだった。そのときだった。左足の沈んでいく感触と同時に弾ける音を聴いた気がしたが、わたしはそのまま気を失っていた。どれくらいの時間が経ったのだろうか。頭の激しい痛みと凍えるような寒さに目が覚めると、逆さになった彩花の家が炎に包まれていた。辺りに人の気配はなく数頭の水牛が塑像《そぞう》のようにじっとしている。ちかくに蕾をつけたか細い一本の芙蓉がある。その先あたりに一つだけ蕾の破《わ》れた白いものが遠くからの明かりに照らされ震えるようにゆれている。風が吹きつけると炎は膨らみ黒煙のあと巻き上がった細かい火の粉が大気を泳ぐ。その度に乾いた風と微かな熱気が頬におしよせてくる。たちまち涙が眉間の辺りから額へひとつの川となってつたい枯れ葉へ滴り落ちる。固くなった血で塞がれた鼻のまま声を噛み殺して泣いた。やがて身体を振り子のように振り、勢いをつけると、となりの木を抱き、足首に絡まるワイヤーを引き寄せ、弓のようにしなる木を折り、食い込んだ輪をほどいた。よりによってこんな時に猪の罠とは。くすぶる彩花の家をしばらく見つめたまま蹲《うずくま》ると、わたしは自分の無力さからくる失望感と虚脱状態に襲われ思わず号泣《ごうきゅう》した。

　引きずる足と顔を打つ風に震える身体でようやく自転車のところまでたどり付き、やっとのことで村の集会所の前を通り過ぎるとき、ゆれる火影のなかで男たちが、手向かって来る者たちの家々を焼き払い台湾人四五人を半殺しにしてきたとしゃがれ声で自慢げに喋っているのが酒の臭いといっしょに聞こえる。足首の痕や瘤になった頭の痛みを堪えながらも、彩花や鉄男のことで寝つけないまま朝を迎えていた。そんなわたしのところへ父が、ウリ！　と声を掛け、ポンと蜜柑《みかん》の皮のようなものを投げ入れる。何気なく薄明かりのなかで取り上げると、なんと、それは、耳だった。手の父は振り向きざま含み笑いをして、「お前の描いてた台湾ナーに似てるだろう?」と言った。手のひらの肉片はひびわれた血糊《ちのり》にまみれているが、三つ星のような黒い点が見える。わたしは身体じゅうの血の気が失せ、その場にへたり込んだ。しばらく、耳であったやわらかいものを痛くなるほど見つめながら泣くことさえ忘れていた。やがて嗚咽《おえつ》が訪れ、熱い涙のなかで、凶暴な衝動が炎のように燃えさかっていった。

彩花のことが気掛かりで居ても立ってもおれなかった。しかし台湾部落には近づけない状態になっている。わたしにはまるでなす術《すべ》がなかった。間断なく岩礁にぶつかり砕け散る波のように、不安や苛立ちや恐怖の感情に揺さぶられ、動悸《どうき》が耐え難いほどに高まっていた。だれもいない家の中はひっそりして物音一つない。風が吹くたびどこからか小動物の腐食した生あたたかいにおいがしてくる。裏座から抜け出て、炊事屋《トーラ》の脇の大きな甕《かめ》から、からからに渇ききった喉へ何度も水を流し込んだりしたが、高ぶる神経はいっこうに鎮まらなかった。

震える息を長く吸い込む……。その日、わたしは鉄男へ、彩花がお前を待っているらしい、との嘘をついていた。時間も告げた。鉄男は一瞬訝《いぶか》しげに探りを入れる視線を向けたが、喜びを隠しきれないでいる心の動きは手にとれる。鉄男が家から急ぎ足で出ていくのを見届けると自転車に乗った。先回りをして、わたしは崖ちかくの椎《しい》の木に隠れていた。やがて鉄男が現れ、断崖から彩花の来るのを落ち着かない様子で首をのばしては待っていた。鉢合わせのないように、彩花へは前もってずらした時間で会う約束をしていて、道も教えていた。わたしは鉄男へもう一度彩花とのことを確かめるつもりだった。ところが椎の木の陰から落ち葉を踏みしめて近づくわたしの足音に眼を剥《む》いた鉄男が後ずさり、崖から悲鳴を上げて転落したのだった。あっという間だった。崖下へ降り鉄男を抱き起こした。頭部から血を流していたが、鉄男はまだ息をしていた。わたしは自転車へ向かって走った。途中、後ろから草をかき分けて来る人の気配を感じ、草むらへ腹這いになり、爬虫類の目で様子を窺った。彩花だった。彩花は沼地の前で足をとめ、おくれ毛をなおし、しばらく水面を眺めていたがやがて呼吸を整えると、意を決したように、崖の辺りへ視線を向けたあと、わたしの教えたところへとゆっくり歩きはじめた。そこへは鉄男のいる崖下の辺りを通っていかねばならない。彩花の後ろ姿が見えなくなると、頭が混乱したわたしは何が何だか分からなくなり急いで自転車に跨がった。振り向かず、来た道とは違うところへ出て全力でペダルを漕いだ。息を切らし家に着いたわたしは、ひどい眩暈《めまい》におそわれ、不安に胸を貫かれながらも口をつぐみ沈黙という煙幕をめぐらせ、はりつめ、窒息しそうになったまま、裏座で蹲っていたのだった。追いかけるように、さらに凶事が続く。台湾部落焼き討ち二日後、母が叔父の家で寝ている父や叔父の家族に石油を振りかけ、火をつけたあと自らも焼身をはかったのだ。それも叔父の家のお産のために来ていた、父の姉である産婆のおばぁまでも巻き添えにしていた。夜明けの青味がかった風景のなか、数匹の猫が石垣の上で一塊《ひとかたまり》にうずくまり、門の辺りを野良犬がほっつきまわり、細い帯紐を垂らした聾唖《アババァ》の姉さんが人混みの通りを長い髪をなびかせ笑いながら何度も行ったり来たり駆けていた。

焼け跡には黒こげになって膨れあがった屍体が腐った冬瓜《スブル》のようにころがっていた。わたしが赤熱《せきねつ》と彩花への思いで寝つけず、止まない鼻血をおさえながら足を引きずり夜中に沼地へ出掛けているときのことだった。

大変なできごとであるはずだったが、焼き討ち事件の慌ただしさのうちに起きたからなのか、発狂した母の仕出かしたことだったからなのか、不思議にめんどうな警察沙汰にはならなかった。その後、母方の親戚に引き取られたわたしは精神に失調をきたし、何度か手首を切りつけたりしたがその度に発見され、一命をとりとめていた。父の革帯《ベルト》からくすね、父を殺《や》る機会を密かに窺い、肌身離さず隠し持っていた小刀で切りつけたのだった。耳の奥深くから、馬の嘶《いなな》き、蹄《ひづめ》の音、松明の爆ぜる音、群衆のざわめきがわきあがる。交叉する左手首の隆起した白い傷跡に触れながら、記憶の細部へさらに分け入り、自身の心の深部をまさぐってみる。あの日、わたしは、鉄男が自ら転落しなくとも突き落としていたかもしれない。そうでなければうめき声を上げている鉄男を置き去りにはしていないはずだ。心の内では死んでくれることを望んでいた。それに、だれからもさとられまいとしてはいたが、酷くなっていく鼻血に恐怖を覚え、衰弱して喉の羽毛を小刻みにゆらし、息たえだえのアカショウビンのように打ち震えていたのだった。死ぬときは彩花と一緒だとも考えていた。後日、これ以上トラブルを恐れた台湾人が彩花とその叔母を無理やり台湾に連れていったという噂がながれた。火傷《やけど》をした行商の男たちに囲まれ、たどたどしく歩く叔母の手を引き船に乗る彩花は、魂を抉《えぐ》りとられた顔をしていたという。無言のままの大きな目がいるはずのないわたしを探している。いろいろな思いが彩花のなかで駆けめぐり、ちらつき、沈み、荒い息がやがてすすり泣きに変わっていく。

忘れ去ろうとしても忘れることのできない出来事……。わたしの心の奥底に刻み込まれ、いつもわたしを衝き動かし、苦しみをもたらす避けがたいもの……。もうかれこれ四十数年、そのことに囚われていたわたしだがそれをだれにも話してない。話せなかったのだ。生き残っている聾唖《アババァ》の姉さんですら年老いていて、今ではだれ一人口にすることもなく、記録にさえ残っていない。

数ヵ月前の、あの震災の瓦礫のなかで、風に煽《あお》られて舞い上がった灰色の交じる女の鬢髪《びんぱつ》のあたりには、耳が無かった。いや、それは錯覚であったかもしれない。が、毎朝目覚める度にテレビのその光景が浮かぶ。それに病院の六階奥の薄暗い病室のベッドでは、黒いガラス玉の目をした鉄男が、痩せ細り身動きひとつしない小さな身体で横たわっている。取返しのつかないことへの悔恨……。立ち枯れた裸木のまわりで葦の葉がざわめく。これまで別れた女性たちから一様に言われていることがある。わたしに女がいると。そう、確かに。その女《ひと》はいまなお、なぜ？　ろうして？と、とおくから囁き、ときには、いきなり鼓膜を切り裂く声を降らせては絶え間ない苦痛をわたしに与える。鉄男の言葉に惑わされ真実を見失いかけたことから起きてしまった事件……。もしも、そのことがなければ、だれよりも美しかった彩花と、その後もより親密になれたかもしれないわたしだけにしか存在しない時間の波がくりかえし押し寄せてくる。あまりにも多くの犠牲を払い過ぎた遠い日のほのかな恋ごころ……。なにもかも変わってしまったが新北風《ミーニシ》の吹くころになると、決まって心の在り処《ありか》を遡行《そこう》するように、松の木辺りの沼地や色褪《あ》せた野山を独《ひと》りふらつく。灰色の雲の切れ間から陽が射しだす。ふとなんの気配もないいびつな暗緑色の池の面に目をやり、鼻に指をあてながらじっと透かし見たあと深く息を吸い、ポケットから取り出した煙草にぎこちなく火を点《つ》け肺の奥まで煙を流し込む。薄日を浴びながら純白の芙蓉の花の前に立ち、静けさに身をひたしているとまばゆい夏の日のあの彩花の姿が浮かび上がってくる。

山羊《ピピジャ》パラダイス

「山羊《ヤギ》料理をメニューに入れようかしら」

カウンターの端で、溜息まじりにぽつりと洩《も》らすママをわたしは見詰めたままだった。

その話から一と月くらい経《た》った肌寒い二月中旬、試食会に招かれることとなった。

「プルメリア」という小さなネオンの掛かったスナックは、警察署の建物の在《あ》った西方駐車場を越えたところになる。もとはどぶ川が流れていて賑やかな繁華街と隔《へだ》たり橋が一つ架《か》かっているだけだった。ところが数年前、川に蓋《ふた》が被され市の駐車場に変わり、東側とつながったかたちになったものの、客の入りは今ひとつというところであった。

約束の時間より三十分遅れて、二時ごろ訪れると、常連客二人がカウンター近くのテーブルを前に腰掛けている。いつもの習慣でカウンターの椅子を引き寄せたが、思いとどまり同席することにした。一人はわたしより年配の方で、戦前、親の代に本島の豊見城《とみぐすく》からやってきた移民で、川原村でパイナップルを栽培している玉城という七十過ぎの篤農家《とくのうか》。もう一人は無精髭を生やした男。

厨房《ちゅうぼう》から出て来た小太りのママは前掛けで手を拭くと熱いお茶を深い湯飲みに注《つ》ぎつつ、「ちょっと待ってて。すぐだからね」と愛想よく話す。

ママが再び厨房に戻ると、パイン男がお茶を啜《すす》りながら「昔のヒージャーは良かったが、最近はちょっとなぁ」と切り出した。

「ほんと、あのころのヒージャーは美味《うま》かったさァ」思い出すように懐《なつ》かしい顔する。「でも、そんな贅沢《ぜいたく》も言えないようになってしまって。あっさ、アカハチ山羊《ヤギ》、ビッチン山羊、於茂登《おもと》山羊、石城《イシスク》山羊、ハル子山羊店、川良山《カーラヤマ》やぎ専門店など、あんなに在ったのに今は川良山やぎだけ」

「アンタなんかのところに一ヵ所あるんじゃない。野底村の栄班《さかえ》に宮古出身者がやっている……でもあそこは市街地から遠いからなぁ。そういえばアンタ、ヒージャー養ってたじゃないの……」

パイン男の言葉に無精髭の男は俯《うつむ》き加減になりお茶を啜《すす》り、しばらく黙っていると、「ハ〜イお待たせしましたぁ」とママがヤギ汁を運んできた。湯気の立ったドンブリにたっぷりの皮付き肉や骨付き肉、ぎざぎざぽつぽつ臓物《ぞうもつ》の中身がぷ〜んと癖のあるにおいを漂わせる。次に無精髭、わたしのものと待たさず持ってくる。箸先《はしさき》で塩を少々つまみ汁に落とすと、無言のまま、汁をすすって、皮付き肉をほくほく頬張る。ときどきフーチバー（よもぎ）を挟んでバランスよくくちゃくちゃ噛んでは飲み込む。牛肉や豚肉を食べ慣れている者には違和感のあるにおい。日焼けで黒ずんだ皺《しわ》の多い顔をほころばせるパイン男。つい先ほど二人とも「昔の島ヒージャーの肉味は品種改良が進んだ最近のヤギとは比べものにならなかった」とか、「今ではアルパイン、ヌビアン、ボア、とかが入ってきてなぁ……」など、挙げ句の果ては「オーストラリアからの安い冷凍物を入れやがって！」「それもあるが、廃用になった本土からの乳用ヤギなんかはもってのほか！」とそれぞれヤギに関しては一言いわずにはおれないといったこれまでの様子はどこへ吹っ飛んだのかひたすら箸をうごかせていたが、三分の一を食したあたりから一息入れると、再びヒージャー談義の構えになったところへママが無精髭に話しかけた。

「狩俣《かりまた》さん、ヤギの餌《えさ》はどうなの」

「あい。ヤギは何でも食べるよ。ハイ、何処《どこ》にもある草や木、たとえばガジュマル、桑、芋《いも》の葉っぱ、芋のつるでしょ。サトウキビを刈り取った後の、あの梢頭部《しょうとうぶ》の葉っぱ。カヤ、空き地や道路脇に茂っている厄介もののシロバナセンダンソウ。それからギンネム、アカバナー、あっさ何でも食べるサ」

「だが、間違って夾竹桃《きょうちくとう》など毒性のものや農薬のついた草とかを食わせると死んだり、中毒したりするよ」

「そう、これは絶対ダメ。また、イジュ、アセビ、田芋《ターウム》の葉に似ているクワズイモ、分かるでしょ。汁が腕に付いたら痒くなるもの。昔、そばを包んだあれよ。あれなんかも」

「濃厚飼料では、米ぬか、麦の精穀副産物のフスマ、トウモロコシ、大豆粕《かす》、豆腐粕のオカラとかね。オカラは好んで食べるからといって、与えすぎると、雌《めす》ヤギの場合は胎児が母体内で大きくなりすぎて難産するということもあるから気をつけないといけない」

「ヤギを飼育するときイカンのは、ヤギは雨風《あめかぜ》に弱くて、また濡れた草を与えると下痢するから、これ、これには気をつけないと」

「そうだね。もともとヤギは病気に強い動物であるけれど、餌を与え過ぎるとね、下痢をする。だから適量に与えること。青草だと水をあげる必要はないが、干し草をやる場合などは充分水を補給する」

「おじさんは札幌農大を出て、農業視察で外国をまわってるからこういうことには詳しいよねぇ」

「それほどでもないさ。みんな受け売りだよ。もともとヤギは戦前戦後をとおして、食糧難のとき、貴重なタンパク源として貢献したんだよ。一九五〇年代は全国で七十万頭もいたんだ。信じられないだろう。それが今では三万頭に減っている。ところがだよ、沖縄だけはヒージャー汁に刺身《さしみ》、血の炒め煮《チーイリチャー》などヤギの需要は衰えない。今でも消費量は本土の九割を占めるんだ。あちらの場合はほとんどが乳用として用いられているんだよ。また或る学者の言うのには、ヤギは粗食で繁殖力が強いので、将来おとずれる食糧危機の救世主になるに違いないと熱い期待が寄せられているんだ。沖縄のヤギは乳用の代表的品種であるザーネン種を導入して、改良していたが、近親交配のためか次第に小型化してきている。そういうなかで大型の、耳の垂れているボア種へたくす望みは大きい。

ボアはアフリカ原産だから気候的にみても暑さや病気に強い。これだと沖縄に適して育てやすい。さっき外国の話しをしてたけど、中東とかインドネシア辺りだと他の肉よりもヤギ肉を好んで食べていて、フィリピンでは若ヤギの肉や皮をタマネギと炒《いた》め、唐辛子《とうがらし》に胡椒《こしょう》、塩で味つけしたものがある。またヤギ料理店の消費量を全琉的にみると、狂牛病とか、口蹄疫《こうていえき》騒ぎの影響で以前より客足が遠のいていることもある」

「あっさ、農大出か。こんな偉い人だとは分からんかった。ケイコはインテリ好みだからな。傍《そば》にいるコレもそうでないか。お前なんかどういう関係か……」

「あら、何いってるの。自分だって野底で大変もてておるって話していたくせして。こちらはインテリはインテリだけども……一昨年農林高校を定年退職した大浜さん。みんな同じお客じゃない。これからはアンタに頼むことが多くなるのよ。よろしくね」

いくぶん、話しが途切れかかったところで、ふたたび汁をすすり始める。二人の話を聞きながら、少なめのヤギ汁へ箸《はし》をすすめていて、あとから持ってきたチーイリチャーを味わっていた。ケイコさんのヤギはあっさり味にちかいので、無精髭の狩俣はもっとにおいを利かせた濃厚なこってり味のほうが良いとぼやく。札幌農大のパイン男は頷《うなず》きつつ口をもぐもぐさせ歯をせせり喋り出そうとしたとき、ケイコさんが無精髭に目をやり話しかけた。

「ねぇ、この間、大浜さんと川良山《カーラヤマ》やぎ専門店に行ったの。ちょっとした勉強のつもりでよ。そしたら狩俣《かりまた》さんの話したようにこってりした味だった。で、ウチはあっさり味に。このほうが若い人にはいいと考えたの。二人には物足りないと思うけど。そのとき、八年前に亡くなった高円宮《たかまどのみや》殿下《でんか》がヤギを食べに来たとき撮《と》った写真が額に入って掛けられてあったのよ。あんな皇族でもああいう店に来るんだね。ウチ正直言ってビックリしちゃった。そこの店がヤギ汁一三〇〇円、ヤギ肉チーイリチャー一三五〇円、ヤギ刺身一〇〇〇円、ヤギそば七五〇円としていたので、だいたいそれを参考に少し安くしようと考えているの」

ママの話しを聞きながら、二人とも骨を深めの皿にぽろりと出し、ふうふう、はあはあいいながら、勢いよく汁をづづーっと音を立て吸い上げ、あ、あぁーと抑え気味の息を吐く。ときおり二人ともわたしのドンブリをさりげなく覗《のぞ》いたり、骨入れ皿を見たりする。ママが笑っている。つとめて二人へ目を合わさないようにする。ママに、面倒だから肉だけにしてくれと頼んであった。数週間前に川良山《カーラヤマ》やぎ専門店で食べたとき思いついたことだ。ほんとにわたしのは少ないなりにも皮の付いた肉が多い。それが中身や多めのフーチバーに隠されているかのようだ。むろん骨付き肉をしゃぶるのもヤギ好物《ジョーグー》の楽しみではある。今日つくづく感じたのは、柔らかい焦げた皮付きの肉、それに中身の配合とでもいう味のバランス。一種独特なにおい。初めはこれを嫌がるものだが慣れたとたんやみつきになっていく。停年退職してから二年間ほぼ毎日通い続けた店ではある。だが、突然の提案には同意しかねるものがあった。これまで泡盛を飲み、カラオケを歌っては、カウンターの客と語り合い、ママの歌う喜納昌吉の『花』や民謡を聴く、という和やかな雰囲気が好きだった。ところがヤギと聞いたとき、いつかの、年老いたおじさんオバサンたちのぺちゃぺちゃちょちょっ、はあ、はあ、「ヒージャー薬《クスイ》やっさ！」と発する吸音や濁声《だみごえ》が耳の奥まですするする忍び込んでくる。マイクからさえにおいがしてくる。ママはヤギそばも考えているのだという。それだとヤギ汁の飛沫が背広の胸元や背にこまかく付着していって、数ヵ月後には身体《からだ》中に染《し》みつき皮膚の毛穴からヤギのにおいが吹き出してきそうな気がして身震いした。

あの日から好きではなくなっているヤギ料理……ママには悪いが今日の試食会を最後にこの店を訪れるのはよそうという考えになっていた。ところが翌日、「ヤギ見に行くから付き合ってくれない」ということで誘われ、多良間《たらま》班の狩俣《かりまた》のところへ行った。住宅裏のヤギ糞の堆肥が撒《ま》かれてある野菜畑から歩いていくと、アダンの茂みガジュマル木ちかくにヤギ小屋は在《あ》った。近づくとヤギもわたしたちに興味を示して鳴きながらちかづいてくるので二人で餌を与えているところへ、軽貨物車に乗った狩俣が来る。頭にタオルを巻いた狩俣はちらっとわたしをみるとたちまち不機嫌な顔を露わにした。

「あっさ、ケイコ！　早く決めろ！　ヤギは同じ餌《えさ》を嫌うから今日は芋《いも》かずら。はあー、ぼくはもう大変!!　妻もヤギも監視しないとイカンし」

「そうは言っても、狩俣さんがいないと……ウチ何も出来ないし、困ったねえ……」

「じゃあ、しばらくは僕がやるサ。あとはコレに養わせろ……ったく……」

「明後日《あさって》、民謡仲間のオバサンたちが来るから肉にして持ってきてねぇ」

「はいはい。分かった、分かった。分かったよ」

帰りの車の中でママは「ヤギは遊びながらでも飼えると聞いてたのに、いまだに二十頭くらいもおれば案外、これは大変みたいね」と笑っていた。


そんなこともあって、しばらくママの店「プルメリア」に通わず、旅行社ちかくのおでん屋で、冷や奴をとって泡盛をちびりちびり飲んでいる。六時に自宅を出るまえ電話が鳴っていた。どうせこれまでの仲間だろう。退職してまで彼らと飲み交わす義理はない。だいたい教師は群れたがる。くすぐったいくらい、先生、先生と、呼び合ってきている。飲んで話し合うと、日頃の鬱憤《うっぷん》がでるのか常識を逸脱した飲み方をする人が少なくない。奥さん方は困った顔になるものの、酒場でもこんな調子でと想像するのか、まだしも自宅で言いたい放題、やりたい放題させるほうがいいという感じだ。おおかたが教師同士の結婚ときているからさらに世間知らずになる。若い教師たちとは退職してもしばらく付き合ってはいたもののやがてわたしの方から遠ざかった。教師というもの、初めは確かに勉強したかもしれない。しかし三年もすれば成長はストップ。雑務が多い上に職員間の誹謗中傷《ひぼうちゅうしょう》、保護者からの突き上げがある。だから自然と酒に親しむようになる。そういう人が離婚でもすれば哀れだ。ところが、わたしだってあれこれ言える立場にない。中学のとき担任から、お前は農業高校の畜産科になら何とかなるかもしれない、と言われ、受けて合格したあと、大学の畜産学科へ入り、卒業して、県内、農林高校の転勤を重ね、最後に母校の八重山農林高校に勤務して、停年を迎えたのだった。みな若いころは情熱をもって活き活きしていた。校長教頭を目指すなれればいいが、なれなかったときはやる気をなくし、惰性で教壇に立っていると言ってもあながち間違ってはいない。わたしの場合そうはならなかった。荒《すさ》んだ生活をしていた三十代のとき文学を志している教師と出会ってからというもの、仲間には知られないように文芸書に親しみ、いくらか創作にも手を染めていた。だから、退職を機に自分の生きてきた半生をまとめてみよう、という秘かな夢がわたしにはあった。

ママは、近くに在るＪＡ構内で建設中の、消費者へ新鮮で安全な農作物を生産者が直売するという「ゆらてぃく市場」が四月中旬にオープンするので、自分の店も相乗効果で活気づくのではないか、と希望を込めて話していた。

バイブにした携帯《ケータイ》はママからのものでふるえっぱなしだ。何時《いつ》だったか、「沖縄本島の中南部では、ヤギのことを方言で、ヒージャーと呼んでいて、北部のヤンバルではピーザー。宮古はピンザ。八重山ではピピジャなのよね。でも、だいたい、何処《どこ》でもヒージャーで通っているわよねぇ……」と話していたことがあった。ママが山羊《ヤギ》料理のことを口にしだしたのは、おそらく狩俣《かりまた》との関わりからだろう。

野底《のそこ》の栄《さかえ》班から左手の農道を海へ向かって行ったところの、サトウキビ畑の真ん中にプレハブの川満《かわみつ》ヤギがあった。退職前、同僚と行ってみたが閉まっていたので、東方に聳《そび》える野底マーペー岳を見詰めながら辺りの風景を久し振りに眺め、夕方、野底小学校の修学旅行のとき、小学校のグラウンドでカレーライスを食べ一泊したことなどを思い出しながら、そのまま西周りで帰ったことがあった。

パイン男が狩俣へ、「アンタ、そういえばヒージャー養っていたことあったんじゃないか？」と話してはいたが、わたしでさえ分からないほどだからよほど短期間だったに違いない。

ママが話すには、川満ヤギの主人が或る人へ、キビ収穫後の慰労会《ブガリノーシ》にヤギ汁を提供したところ、酒に酔った狩俣が、「おい、ヒージャー屋《ヤー》なら、もっと美味《うま》いもの出せ！　あだら、何か、これは。こんなもので金とって恥ずかしくないか！」と罵声を浴びせたので、たちまち取っ組み合いの喧嘩になったとのことだった。

その後も機会あるごとに、あっちのヤギは不味《まず》いと吹聴しているので、頭に来た川満ヤギに、「だったらお前がやってみろ！」と言われ、行動の速い狩俣はヤギの本場である多良間島へ渡り、いきなり雌《めす》十頭、雄《おす》二十頭を買い付けると、〈味の狩俣山羊《ピンダ》〉という大看板を立て営業するようになった。

若いときから働き者だったこともあって、村一番の美人妻を迎えている。色白で仔ヤギみたいに可愛いといつも自慢していた。たちまち客は入り繁昌する。面白くないのは川満ヤギの主人。川平、吉原、富野、伊原間、明石、平久保からのお得意も、みんな狩俣へ行き、川満ヤギは閑古鳥《かんこどり》が啼《な》き、まさに風前の灯《ともしび》だった。ところが、狩俣の奥さんが週に二度ジープでやって来る市役所の、農水課の男と恋仲になる。客を殴るわけにもいかない。ましてや仕事でいろいろ関わりのある役所の男。腸《はらわた》は煮えくり返る。こうなればヤギ汁どころではない。みすみす妻を盗られるくらいならばと、店を閉めたという話だった。狩俣は村ではもちろんのこと、近隣の村人たちの物笑いになっているとのことだった。

そんなことがあって、あんなにヤギ好きだった狩俣は、「見るのも鳴き声を聞くのも嫌!!」といい、「アガヤー、みんな安くで譲る!!」といって、遅い時間から頻繁にママのスナックに通い出しているということらしい。

途切れていた携帯が再びふるえはじめるので開けると、やはりママの電話番号が表示されている。

ママのところでヤギ汁を食べてからというもの何かにつけ、高校生のときのことが甦《よみがえ》ってくる。あのころ、夏休みになると、クラスのほとんどの生徒がパイナップル工場で働いていた。わたしの場合は二週間くらい働いたあと兄の木工所を手伝っていた。西表産の島材が製材所から届くと、石垣塀へ天日乾燥のため並べ立てる。二三時間すると、一枚一枚裏返す。三時の休憩には自宅から茶の入った大きな急須《きゅうす》を持ってきて、茶菓子を準備する。工場は電動ノコ、電動カンナからの埃《ほこり》やオガ屑《くず》がただよう。水に溶かしたどろどろの砥《と》の粉《こ》をぼろ切れに浸《ひた》し、白木のタンスやテーブル、水屋などへ塗る。乾ききらないうち拭き落とすと、数十分後に刷毛《はけ》でサンディングシーラーを塗り、乾くと目の細かい紙ペーパーをかけて、ニスを塗る。六時になって帰るときには鼻の穴をタオルでほじくる。頭や服は木埃《きぼこり》やオガ屑まみれ。手ではたくとふわーっとあたりに舞い上がった。タンスのドアの蝶番《ちょうつがい》や取っ手金具を買い、メモしてきたガラス、鏡の寸法を渡し、いくらか離れた登野城アガリグヤ、御《オ》嶽《ン》ちかくの護岸端へと自転車を走らせる。

そこにわたしが見たいものがあった。

人が群がっている。浜にギンネムの生木、三本が大人の背丈くらいで交差している。棒先が結ばれ下の方は三角に広がっている。その先端から後ろ脚を縛られ逆さに吊されたヤギがやがては金槌《かなづち》で眉間《みけん》をコンと打たれ、ヒクヒクする。ヤギが死んでいく……息を殺しているときだった。着物姿の男が「待て！　待て！」と叫びながらタッタツタツと走ってくる。何だろうと思っていると、「俺がやる！」という。男は屈むと、ヤギの頭部を掴まえ、懐から取り出したカミソリで頸動脈《けいどうみゃく》をスッと切り、竹の管《くだ》を差し込み、ずずっずずっと吸い込みごくりごくり飲み込む。父からカミジューという女がいて胸を患《わずら》っていたとき生血を吸ってたというのを聞いていたが、それが目の前で再現されている。メ〜メ〜鳴くから口をつかむ。鳴くと余計に血が出るが、口を汚すことはない。上手に飲む。血管の一つはつまんでいて吸う。「こんなに美味しくて栄養になるものはない」男は満ち足りた顔を上げる。「そのかわり飲んで戻したら終わり。自分の血もみんな吐くよぉ」と話している。

その後、積み上げた藁束《わらたば》に火を放ち、焼け焦げたヤギを藁で擦って洗うと、胸に包丁を入れスーッと引く。食道と直腸の先を紐《ひも》で括《くく》ったあと、つやのあるもりもりっとした内臓をぼろっと取りだす。傾きだした日差しに湯気が立ち上がる。男たちは海水の入った金盥《かなだらい》で内臓を洗う。大腸や小腸は両手で絞ってのばしのばし糞をだし竹を突っ込んで捲《めく》り返す。胃も裏返したりして、絨毯《じゅうたん》の突き出た毛みたいなものにくっついているのを洗う。海水を何度も替えては洗うのをくり返しているうち、ヤギの解体に取りかかる。

わたしは自分自身の将来に対する不安や何か理不尽な不満を、それを見ることで紛《まぎ》らわせていたのかも知れなかった。


ママとは初めから繋がりみたいなものがあった。わたしが高校を卒業したころママは小学五六年生だった筈だが、あとからのことを、かいつまんで一言でというふうにはいかない。

クラスから一人、琉球大学畜産学科の推薦枠へわたしが決まったとき、後に続く後輩のためにも必ず合格させなければ、という空気が支配した。その結果、沖縄本島より来た新任の女教師が選ばれる。九月の十五日だった。スクーターに乗った女教師が大川の我が家を訪れ、父と長時間話し合う。兄嫁に気兼ねする父は、長男が学費を出しているから、卒業すれば長男の仕事を手伝わせるつもりだと反対する。一度はそのまま帰ったものの女教師は二度三度とねばり強く来た。父は、仮に受験させるとしても、わたしが受かる筈がないと話す。女教師は微笑んだ。「合格すれば出させてくれますね」と念を押す。父は頷《うなず》かざるを得なかった。十月の初め、担任は「頑張れよ！」とわたしの肩を叩いた。放課後になると、毎日、先生の間借り先へ向かう。そんな折り先生は、「大浜君は暗いけど、どこかひたすらなところがある。先生そんなあなたが好き。このひたすらはいつか実《み》るわよ」とわたしの頭を小突いた。その言葉をかわいた砂のように飲み込んだ。五ヵ月後の、緋寒桜が咲くころ合格通知が届いた。家族も近所の人たちも誰一人として信じなかった。卒業のとき、先生は瞳を潤ませていた。わたしは学生寮に入った。風の便りでは先生が転勤しているのを知らされた。数ヵ月が経《た》ち先生から手紙が届いた。大学に近い普通高校で教鞭《きょうべん》を執《と》っているということだった。

　学園でのことに日々追いまくられていて、返事を出しそびれていた。その女教師、仲村渠《なかんだかり》喜美恵のことを思い出すと、遠くの草むらから、危なっかしい足どりのヤギが息せき切って来ては立ち止まるのがわたしのなかでくりかえされるのだった。

　小学三年生のときだった。父が仔ヤギを引き連れて来る。わたしが物珍しく見ていると、「お前が明日から養えなぁ」と言って首からの縄を手渡す。活発に飛び跳ねる仔ヤギに、嬉しくなって家の周りを引き連れ走ったりした。父は床下から引っ張り出した木材や板の切れっぱしで一坪くらいの簡単なヤギ小屋を造った。翌日から鎌を持ち、屋敷の隅に生えている桑の枝を落としてヤギに与えた。鵯《ピーサー》が実を食べ種を糞として落とすので、どこの家にも桑はある。ところが、そのうち隣近所の桑の木も丸裸になったので、道端のハルノノゲシも採《と》ってくるようになる。思ったより食欲旺盛だった。きれいな桑の葉だけを与えたかったが、そういうわけにもいかない。父と畑に行くとき、ヤギの草となるハイキビ、苧《ちょま》みたいなノカラムシ、トベラ、ヤマカンダを教えてもらって刈る。朝起きて便所帰りにヤギを見るのが何よりの楽しみだった。ヤギは優しい顔をして可愛かった。おまけにヤギの糞は正露丸みたいでぽろぽろっとでてくるから面白かった。またビバといったのかよく覚えてないが、父が十センチくらいの木の枝を角に削り、両端に穴を開けて縄を通すと首に掛け、中央の穴から先を結んだ一本の縄を通すものを作ったところ、ヤギがいくらぐるぐる回っても縄がねじれたりからまったりすることがなくなったので不思議だった。ヤギは雨が降ると、悲しそうにしょっちゅう泣くので寂しくなったりした。

ある日、学校から帰るとヤギがいないので、近所を探し回ったあと、門にもたれてしょんぼりしていると、ヤギを連れてきた父が笑っていた。そんなことがあって、だんだんヤギのお腹が大きくなっていって、ある朝三匹の子を産んだ。父はわたしの頭を撫《な》でて喜んだ。普通は一、二匹で、三匹はめったにないことだと話していた。ヤギ小屋を広くする。ところが次の年は四匹も産んだので村の評判になったりした。ヤギの世話でにおいが染まっているのか、クラスの友だちから、「オイ、ヤギ小僧！　さいきんヤギ臭いぞ」とからかわれたが気にならなかった。授業中でも、生えてきたヤギの角《つの》やヒゲとか、草刈りのことばかりが頭にあって先生の話などまるで耳に入らず、勉強どころではなくなっていた。

学校から帰って、ヤギの餌《えさ》を与えたあと、家へ入ると、父に墓掃除を頼まれた知り合いのおじさんが、一緒に酒を飲んでいるので、夕飯を済ませ、板戸一つ二つで隔たった部屋の片隅で横になっていた。裸電球の下で父とおじさんの話しは次第に語気が強まっていく。

「あの、終戦直後のことですけど。ボクの祖父の家に一個中隊が駐屯していたんです。ボクらは終戦の年の十二月十五日に台湾から帰って来たんですけどね。帰ってきたころ、井上隊長という中尉がいたんです。で、子どもさん帰ってこられたということで、ちょうどいいのがあるから今日一つご馳走しましょうと。まあ、ピピジャですよ。ピピジャの汁をご馳走になりましたが、そのピピジャ汁がどうもおかしいんじゃないかというくらいでねぇ。後で聞いた話ですが、兵隊に養われていたピピジャで、それをボクらに食べさせるために潰してね。我々、石垣島、いや八重山の人だったら、その日ですぐ食べるでしょ。ところが彼らは昼間から一晩土の中に埋めるんです」

「へーえ」

「井上隊長はそれを翌日掘り出して、やがて腐れるというところが一番旨《うま》いんだっていうんですね。で、それを食わされたけどねえ。なんかいたんでるんじゃないかという感じでね、我慢して食べたことがあるんですけども」

「こっちにはもともとこういった習慣はないが、腐りかけが軟らかくなって美味しいらしいということを、長男がさいきん観たアメリカのカーボイものの話しをしていてね。油紙でくるんで土の中に埋めてある肉を取り出して、料理していたので珍しかったと話していましたなあ。そのかわり、生では食わない。ちょっと話は変わるが、戦後十年もなってないころだった。於茂登岳《おもと》の西の方の、白水《しらみず》の前にトーレー原という深い田んぼ《フカダー》が。ほんとに腰まで浸かる田んぼだった。そこで頼まれて田植えの準備をしていると、親戚の家で棟上げがあってピピジャがふるまわれたらしく、私が田んぼに居るからといって、その残りを飯盒《はんごう》に入れて持ってきた。さっそく温めて食べるとフカダーに入ったさ。ところが急に気分が悪くなってきたので、これは大変なことになったと、汚れた服のまま馬に乗って」

「そうですか。昔からピピジャを食べて冷えたらいけないとか。ピピジャ汁を食べるときは厚ぼったい服を着てから食べなさいとか……」

「また、妻方の爺さんで昔の豪傑アカハチはさもありなんというデッカイ男がいてね。山仕事をしていたらしい。この人がピピジャを食べて井戸端で水を浴びていて、たちまちコロリと死んでしまった。あんなこんな実例があるからピピジャを食ったあと水を浴びてはいけないと口酸っぱくいわれていたなぁ。だから私もあのときは川で身体も拭かず、馬に跨《また》るとそのまま家まで駆けて。蒲団をかぶって寝たので助かった」

「……ボクは思うんですよ。どうしてあんなにしてまでも、みんなピピジャを食べるでしょうねえ」

「だからさぁ。みんなピピジャ好物《ジョーグー》なんだねえ。昔からピピジャをニージンキョー（ういきょう）と煮て食べるとマラリアとか睾丸や脚が巨きくなる風土病、フィラリアの特効薬になるんだとね。ヤギ栄養源《ピピジャフシリ》とさえいわれているくらい。夏に食べると冬になって風邪を引かないともいわれているからねぇ。あい、近いうち、これが、ピピジャが、私のところであるからおいでよ」

「えっ！　あ、ハイハイ。これはこれは。どんなことがあっても馳せ参じますから。アハハハハ」

泡盛とサバ缶詰が混じった独特のにおいがわたしの寝ているところまで漂ってきている。ときおりヤモリが鳴いた。食べられていくヤギたち……でもしょうがない。これまで育てた兎とかアヒルや亀もみんな食べている。可愛い仔ヤギはつぎつぎ産まれてくる。周りにヤギがいつもいる。とろとろする瞼《まぶた》の裏で、ヤギたちがニコニコ笑っているのを感じながら眠りに落ちていった。


小学五年生の夏だった。茅《かや》を葺《ふ》き替えなければならないということで、門近く、石垣に沿っての道路へおじさんたちが刈ってきた来た茅束が、石垣の高さくらいまで積み上げられた。道の半分くらいを占めている。夕食を済ませると、ふわふわする茅束の上へあがった。石垣の内側から家を台風から守る福木が伸びている。コウモリが実を取り合ってキィキィ叫《わめ》いているのを聴きながら葉の隙間から星空を眺めていた。葺き替えるのは長男の結婚のこともあったが、わたしが屋根に上がって凧を揚げていたことも原因の一つかもしれなかった。そんなことより心配なのは、数年前から父の目が悪くなっていて、五十を過ぎたころ畑仕事を退き、家督というものを兄へゆずっていることだった。兄嫁になる人が来ていたのでチラリと姿を見た。軍鶏《しゃも》みたいな鋭い目つきをした首の長い痩せた女でわたしとは気が合いそうにもなかった。母に怒鳴られ、茅の上から降りたが背中や首筋が痒いので、井戸端に行くと釣瓶《つるべ》からの水で頭から何度も水を被った。

数日後、学校から帰ると綺麗《きれい》な屋根になっていて、ヤギ小屋を覗くと、九匹いたヤギが四匹になっている。昼あとには井戸近く芭蕉の茂る場所で、大きなシンメー鍋二つに湯気が立つ。ヤギ料理の準備がされている。母が話すには、鍋一つで充分なのに、父の意向で近所の人たちへふるまうということだった。井戸端にいるおじさんたちは砥石《といし》でしゃかしゃか磨《と》いだ出刃包丁を持っている。大きな分厚いまな板に毛のなくなった丸裸で頭のない不格好なヤギが。金盥《かなだらい》には耳の切られたいくつもの頭が芭蕉の葉っぱで被され転がっている。やがて腹の部分と胸の部分が真ん中から切断される。おじさんはソーキ（肋骨）にそって包丁を入れ、ソーキと三枚肉の部分に分ける。笑いながら腹のほうから包丁を入れて、関節のところをはずす。パンと、ひっくり返すと背骨に沿って縦に二等分する。胸のあたりに付いている前肢《まえあし》、腹部に付いている後肢《うしろあし》をはずし、さらに細かく切っていく。海で洗ってきたからといって金盥《かなだらい》を足で押す。オバサンたちは応えてすばやく、「はいはい、これは肝臓、腎臓だった。それと心臓に肺、これは胃でしょ。そして大腸小腸さね」と楽しそうにぬらぬらするものを食べやすく手ごろな大きさに切っていく。眉間にホクロのあるおじさんがポケットから、焦げのあるヤギの耳を取り出し、塩を付けて囓《かじ》る。何処《どこ》から摘《つ》んできたのか、たくさんのフーチバーが井戸端の笊《ざる》のなかにある。刺身にするのだといってオバサンたちの一人がとても切れる包丁で薄く切る。皮付き桃色肉がたくさんの皿に盛りつけされていく。となりでショウガを擦る太ったオバサン。近所の友だちや小さな児までもが鍋とか汁椀《しるわん》と箸を手に門の付近で群がっている。

焦げ臭いヤギや肉のにおいが充満する井戸端はお祭りみたいな大変なにぎわい。芭蕉の向こうに、稲刈りの訪れを知らせる黄金色《こがねいろ》のまるばちさの木の実が鈴なりになっていて、鵯《ピーサー》がやかましく啼《な》いては飛び立つ。

忘れもしない。いつものように護岸でヤギの屠殺《とさつ》を見ていたころになる。

農業科の奴が悪さをして退学に。それで送別会ということになった。ヤギは塩を食わせると鳴かなくなる。平得村の後方に豚とヤギを養っているところがある。其処《そこ》から金曜日に仔ヤギを盗み、自転車の荷台に乗せて来て、一晩、御嶽《オン》近くのギンネム森に繋いでおき、翌日の真っ昼間、ヤギを食べながら酒を飲む段取りに。護岸に行くと大人たちにいろいろ問いただされることになるからということだった。そのころ漁師《ウミンチュ》の住むアガリグヤ辺りほとんどが粗末な茅葺き。ヤギはわたしが殺《や》ることに。血などは必要ないから、眉間を打ち、喉《のど》は切らなかった。その後、積み上げた茅の上に乗せ、火を付ける。ところがムクッと起ち上がった仔ヤギが、だだーっと駆けた。驚愕《びっくり》したわたしたちはギンネム森を抜けると、気づかれないように近くの民家を探し回ったが見つからない。それでも諦めきれずにいったんギンネム森へと引き上げる。莫蓙に座ってタバコを吸いながら卑猥《ひわい》な話をしていると、近くの民家から火の手が上がった。火のついたからだを、茅戸《かやど》か燃えやすいものに擦《こす》ったのだ。わたしたちは顔を見合わせると一目散に逃げた。翌日の新聞にはどういう訳か、子どもの火遊びが原因ということが載《の》っていた。数日後に、豚小屋近く積み上げられた堆肥《たいひ》の傍らにヤギが死んでいたというのを子どもたちが話していた。三年生まぢかの春先のことで、学校の農場からトマトを大量に盗んで退学になった主賓《しゅひん》となるはずだった奴が、バレることがあれば自分一人でやったことにするからと話してはいたが、それにしても、とんだ骨折り損のくたびれ儲け、とはこのことだった。その事件があってからというもの、あれほどヤギとの関わりがあったわたしだったが、まるで関心を持たなくなり、そのうちヤギ汁を食べたことさえ忘れてしまい、その後、すこしずつ勉強をするようになっていき、三年の一学期にはクラスでトップの成績になったのだった。

わたしは那覇がそれほど大きな街だとは思ってもみなかった。石垣では琉米文化会館で県紙を読んだり、県内で発行された写真入り月刊誌なども読んでいたので、だいたい分かっているつもりでいた。ところが自転車で回れるというようなものではない。百貨店の屋上から眺めると、ごちゃごちゃした白い街と街とがいくつもくっつき合い果てしなく広がっている。車がなければどうにもならない。そういうことでバス路線を憶えるのに一苦労だった。それに家からの送金、二十五ドルが決まった日に届いたのは、初めのうちだけだった。だから月末になると、寮にいても落ち着かず、首里の高台から坂を下って、幾つかの汚れた川を眺めながら、大道大通りを過ぎ、安里三叉路まで来ると遠くを見つめ一息つく。国際通りを、山形屋、国映館、山城時計店、デパートリュウボウ、琉球政府近く十字路まで来ると、今度は反対側の歩道から折り返し安里へと向かって歩き続けた。雑踏のなか、ときおり八重山からの人たちと分かる顔に合うと妙に懐かしかった。アンガー高等弁務官の着任したころ、ジョンソン大統領駐日米大使が「沖縄の教育権返還は困難」と表明していた。年が明けて、教師や公務員の政治活動を規制する、教公二法を廃案にするため阻止行動を行う共闘会議の団体と、警察官が激突して多数の負傷者がでていた。民主党は教公二法案審議の立法院本会議を開会。憤《いきどお》るデモ隊は機動隊の実力行使によって中止させられ、教公二法阻止共闘会議事務局長が那覇市内でテロに遭い重傷を負っていた。

そのような時だった。お世話になった高校のときの仲村渠《なかんだかり》喜美恵先生から二度目の手紙が届く。

分厚い手紙でおまけにアパートへの地図が細かく描かれている。これが何と、ときおり通り過ぎている松川の横筋を入ったところになっていた。那覇に来て一年が過ぎている。躊躇《ためら》ったが意を決して行くことにした。春休みの最後の日曜日でいくらか肌寒い日だった。念のために地図をポケットに入れていた。大衆食堂の側から入りくんだ細い路地をたどっていくと、地図にある旭アパートが在《あ》った。二階のCだった。ドアをノックすると、声がしてドアが開いた。あのときの女教師の笑顔がまぢかにあった。挨拶をしたまま突っ立っているわたしの手を引き中へ入れる。石垣とはまるで違っていた。整頓の行き届いた感じのいい部屋だった。落ち着かなそうにしているわたしを見て、「どうしたの。どう、いい部屋でしょ。あちらでは裏座みたいなところだったからね」わたしを見て笑う。「待ってて。コーヒー淹《い》れるから」。サイホンのスイッチを入れる。「先生ね、いいえ、あたしね、何時《いつ》来るのかとずっと待っていたのよ。ノックの仕方からしてあなただってことがすぐに分かったの。一年ぶりになるけど、ずいぶんお兄さんになっちゃって。あのころ不良ぽいふりしてたわね。もうどこから見ても立派な大学生ね」思い出しながら話す先生に、これまでのお礼を述べたあと、手紙のことを詫びる。「いいのよ。あなたも環境の変化でたいへんだったでしょう。気にしてないから」と顔を赤らめた。コーヒーを飲みながら、先生はわたしの家のことを訊く。「あのころ、このまま兄の手伝いをしていくのだろうかと思っていました。先生との出会いがなければどうなっていたか分かりません。だから島を出るためにも勉強しなければと懸命でした」。話したくなかったことが自然と口からでた。それに悔しいことだが、「今のままだと送金の都合で二年まで続かない。だからといって兄嫁と母との諍いが絶えない家には帰りたくもないから、本土へ渡ることになるかもしれない」と洩らした。射し込んだ西陽が先生とわたしの膝までのびている。先生は残念そうな顔をしていた。もしそのときがきたら、ご挨拶に伺うことを約束したあと、引き上げることとして頭を下げ、玄関ドアのノブに手を掛けたときだった。「先生がどうにか考えてみるから早まった考えだけはしないで……何か、困ったことがあれば相談に来てね……」とわたしの手を握った。

その仲村渠《なかんだかり》喜美恵先生から学生寮に電話があったのは三ヵ月が経ってのことだった。夏休み前に済ませておかなければならない仕事を終え、息抜きに妹と三名でドライブに行くことになったので、日曜日の九時に守礼門《しゅれいのもん》近くの園比屋武御嶽《そのひゃんうたき》石門の側で待っているようにとのことだった。姿を現したのは外車だった。呆然としているわたしを乗せるとスタート・ダッシュする。二人とも赤いマフラーにお揃いのサングラスをしているのがわたしをリラックスさせる。わたしたちは南部戦跡をめぐったあと、糸満ロータリーから海岸沿いに豊見城を通り、那覇港から安謝、牧港、伊佐、北谷へと走る。やがて金網フェンスの向こうに広がる嘉手納《かでな》飛行場を眺めながら、嘉手納と読谷《よみたん》を隔てる川にかかる比謝《ひじゃ》橋のたもとで車を降りる。今から三百年ほど前の薄幸の天才歌人、吉屋チルの、「恨《うら》む比謝橋《ひじゃばし》や情《なさ》け無《ね》ん人ぬ　我身渡《わみわた》さと思《うむ》て架《か》けて置《う》ちゃら」というこの流歌はチルが仲島の遊郭に売られていく途中、即興的に詠《うた》ったものであることを先生が話す。そのあと横文字看板の多いコザ市をくぐり抜け、瑞慶覧《ずけらん》から農道を走り、中城城跡《なかぐすくじょう》の駐車場で車を停める。入り口の食堂でソーキそば食べたあと、照りつける陽射しのなか、琉球独特の石工《いしく》技術と多様な築城法をみせてくれる連郭式《れんかくしき》の六つの城郭《じょうかく》の大部分が原型をとどめる本丸跡、二の丸跡、三の丸跡を歩く。パンフレットにあるように石積みも、布積み、亀甲乱積《きっこうらんづ》み、と優美堅牢の技術が駆使されているのを感嘆しながら観る。先生も妹も過去に一二度来たことはあるもののゆっくりまわるのは初めてだったと、モクマオウの木陰で額や鼻先の汗をハンカチで拭きとっては笑顔で話す。日程を終え車に乗り込む。運転席、助手席の二人はノースリーブのブラウスを着ている。車を走らせながら、先生がクーラーのスイッチを入れる。ブオーッと強い風が座席の間から顔をのぞかせたりしているわたしへまともに当たる。とたん吐き気をもよおし、車を停めてもらうと道端の草や木の葉を毟《むし》り採って鼻や口に当てた。何度も深く嗅ぎ、ふたたび車に乗ったが、どうしてもダメで、再び停めさせると駆ける。今度は食べたものすべてを吐く。顔を見合わせた先生と妹が心配して近づいてくるのを、手で制して離れ、何でもないふりをして、ハンカチを当て、大きく息を吸い込むと、意を決して車に乗り込んだ。どれぐらいの時間が経ったのだろうか。部分的には憶えていてもハッキリとは思い出せなかった。先生のアパートの部屋で横になっていた。妹はいない。シャワーに入ったのか、髪の乾ききっていない先生が、首を振る扇風機ちかくにいる。わたしは立ち上がると先生から逃げるようにして寮へ戻った。

　そんなことがあった日から、先生からの電話に居留守を使い続けた。先生からすれば意味不明のことだったに違いない。また、いつかのように長い手紙が届く。前回の場合はさておき、今回は返事を書くことにした。今回こそ手紙でなければならなかった。内容はだいたいこういうふうなものになる。ドライブの日に車のクーラーを入れたときだった。強い送風が先生の、いや二人の脇を抜けわたしへ押し寄せたのだった。そう、二人の強烈な腋臭《わきが》が鼻腔をまともに刺激したのだ。その臭いが経験したことのある、発情期における雄《おす》ヤギの臭気だった。わたしはこれに拒絶反応を示した。風通しのいい草のあるヤギ小屋ではそれほどではなかったが、雄だけだとかなり臭った。これに似た女の凄まじい腋臭《わきが》は我慢できるものではなかった。父もこれを雄ヤギの臭い《ビギビビジャヌカザ》と顔を顰《しか》めて話していた。また、高校時代に読んだ劇画のことも覆い被さっていた。武士道ものだった。ある藩の武士が家老の家に招かれる。将来を嘱望された前途有望の男である。薄暗い部屋から見事な庭を眺めていると、待たせたな、と入ってきた家老は、男の日頃の仕事ぶりは城内でも聞こえがいいことをちらつかせる。そのうちお茶が運ばれてくる。男は目を伏せていたが、茶を差し出されたとき何気なく女を見た。ふっくらとした面立ちで立ち居振る舞いの美しい女だとの印象を持った。女の去ったあと、男を睨んでいた家老が顔をくずし、前屈みになってすり寄ると、どうかな？　と問う。男は話している意味が分からない。沈黙していると、お主《ぬし》の嫁にいかがかな、話しかけてくる。家老の娘を頂戴することは出世を約束されたも同然で願ってもないこと。めったにない夢のような勿体ない話しに恭しく頭を下げる。女が茶を出すとき、嫌なにおいがただよっていたが縁の下の鼠の死骸だろうとさほど気に掛けなかった。早速輿入れが行われた夜のこと。灯りを消して男が女を抱き寄せたとたん我慢ならない臭気に襲われる。女が興奮すればするほど腋《わき》からにおいは発散されてくる。これでは交わるどころではない。吐き気をもよおす日々がつづく。食事はすすまない。鼻腔からのにおいは鼻柱のあたりを激しく刺激してくい込むように脳髄をきりきりズキズキさせる。生活そのものが崩れていく。それでも耐えに耐え、懇意にしていた茶人をとおして、堺から取り寄せた高価なにおい消しの香の数々を試すもののまるで効き目なし。離縁は武士としての義理が立たぬ。そのうち部屋中女のにおいに染まってしまい、付き人の女中すらいとまを願いでる始末。苦肉の策として妻を座敷牢へ入れる。とうとう精神を病んだ男はにおいを遮断するため、においから逃れたい一心で小太刀を抜き、鼻をそぎ落とし、血だらけの顔で妻を刺し殺すと、自害し果ててしまう。この話が先生のことと重なりわたしの心に暗くのしかかっていた。それに那覇に来て間もないころだった。基地内、ジュニア・ハイ・スクールの女の子とバスで乗り合わせたときはさらに酷《ひど》かったことを付け足した。その子が乗客のまばらなバスに乗り込んだとき、わたしは後部座席だったのに、たちまち吐き気がして苦悶したものだった。姉妹《きょうだい》ともそうなので、遺伝だと思われる。どうにかならないのか。何とかして欲しい——手紙を出したあと、こんなこと書くべきではなかったと後悔した。数週間、罪悪感に苛《さいな》まされた。でも、わたしにはこれ以外に良い方法が見つからなかった。お世話になった先生に面と向かってとても口から出せる言葉ではなかった。これで先生から手紙も電話も無いものだと考えていた。

一ヵ月後のことだった。人気のない学生寮に日傘をゆらす先生が訪ねてきた。ドキリとしたわたしはただうつむいたままだった。恥ずかしそうに顔を赤らめた先生は寮の外の、ガジュマルの濃い木陰へ誘うと、明日の八月十四日に自分のところへ来るように話す。それでも黙ったままのわたしへ近寄り耳元でささやく。誕生日だという。「ドライブのときのようなことは心配しないでいいはずだから……」ということも付け加える。

先生のアパートに行くと丸いテーブルの上に小さなケーキが。二十四本を意味する大小のローソクが立ててある。わたしと先生は照れながらも誕生日の短い歌をお互い聞こえないくらい低い声で唄って、二人の吹く息で火を消したあと、明かりを付け、ワインで乾杯をする。「ありがとう……大浜さん、あなたのお蔭よ。あたし、勇気を出して、整形外科へ行って、あちらの手術をしたの。一週間は痛かったけど、もう何でもないわ。もっと早く気づくべきだったわね。ごめんなさい……」と笑みを浮かべ話しかけるので、わたしはようやく先生の顔を正視できるようになったのだった。ワインから、途中雑貨店《マチヤーグヮー》で求めて来たウイスキーの、セブンアップ割りを飲みながら先生の純真なところに好意を持ちだし、ほろ酔いになると改めてドライブのお礼を述べた。入学いらい初めてのことだった。楽しいのか先生もリラックスしてわたしと同じ酒を飲み出す。酔うといくらか饒舌になってはしゃぐ。南の窓からレースのカーテンをゆらして這入る微風に先生のからだからの香水が甘い香りを漂わせる。「……信一さん、よかったらあたしのアパートに引っ越しなさい。これで送金の問題がすべて解決する訳ではありませんが、幾らかは楽になるはずよ。あたしいつかこんなふうになる気がしていくぶん広い部屋にしてたの。不動産の方にもしばらくすれば親戚の子が入ることになるって話してたの。どう、あとのことはこれからひとつひとつ二人で考えていくとして。信一さんさえよければ……」胸にジンときて思わず涙ぐんでしまった。有り難い言葉だった。でも直ぐにとはいかない。わたしなりに決心するのにそれなりの時間を必要とした。一週間後、古くさいトランク一つに束ねた教科書とノートを引っ提げたままで好意に甘えることとなった。彼女の話したように気を遣うことはなかった。彼女は戦後生まれのわたしより五歳上で戦災孤児だった。訊くと、わたしから七つ八つも離れている妹とは血の繋がりはまったく無かった。施設にいたときそのように呼び合っていたというだけのことだった。

においのことからヤギとの関わりを喋ったりした。すると彼女も幼いころの記憶を呼び覚ますのか、話し始める。南部の仲村渠《なかんだかり》村でのことだった。アメリカ軍の攻撃のさなか日本兵から壕を追い出された五人の家族がサトウキビ畑の辺りを避難移動しているとき、突然、戦闘機の爆音が響く。とたん、驚いたヤギが飛び跳ね駆け出すので引きずられる。両親に兄姉たちが騒ぎ立てたやさき、爆弾の投下。一瞬にして家族は吹き飛ばされ即死。彼女は飛び散った破片で負傷はしたものの、身体に結んでいたヤギからの縄で一命を取り留めた、とのことを右脚をさすりながら語るのだった。そのような死線を越えた話しにただ溜息をつくばかりだった。クリスチャンである喜美恵さんとの生活はわたしにとって精神的な安らぎをもたらした。その間、宮古・八重山にテレビ局が開局。沖縄本島—宮古島—石垣島ＵＨＦ電話回線開通。初の主席公選は屋良朝苗に。屋良主席がゼネスト回避で再度上京。佐藤首相は核つき返還を示唆したあと、本土並み返還へ。全軍労の全面スト突入のときにピケ隊の米兵間とでトラブルが生じ、社大党委員長ら銃剣で負傷。国際反戦デーでは学生の基地突入や火炎ビン投入などで幕が開ける。嘉手納で佐藤総理訪米に抗議し四万人の県民総決起大会。沖縄返還における佐藤・ニクソン会談で72年返還合意など、沖縄の歴史の節目にあたって学生たちの大方も政治行動に加わっていたが、わたしは濡れそぼった鶫《ピーサー》のように大きなうねりの台風が過ぎ去るのを今か今かと木々の枝葉の裏で待ちわびた。もちろん彼らからは白い目で見られていた。それでも自分と彼らとでは立場が違うのだと言い聞かせ、バイトさえせず勉学に励んだ甲斐あってか教員採用試験にパスすると南部農林高校への採用が決まった。その夜、わたしは初めて彼女を抱いたのだった。

彼女の話で、これまで忘れかけていたヤギのことを身近に感じていた日のことだった。彼女と映画を観たあと、裏側の竜宮通りを歩いていると、〈ヤギ料理店みなみ〉という看板が目に付くので縄暖簾《なわのれん》をくぐった。メニューからヤギ刺しとヤギ汁を注文。壁に貼られた具志堅用高のポスターを眺め、ヤギ刺しを肴《さかな》にビールを飲み一息ついたあと、四年間の教師生活を振り返りつつ、しみじみと彼女の横顔を見つめた。「あたしがヤギ食べて良いのかしら……」と言いながらヤギ汁をすすり、カウンターの中の娘さんに「それほど癖は無いわね」と話しかける。同僚と来ていたのでここならば彼女の口にも合うだろうと咄嗟《とっさ》に思いついたのだった。「うちはあっさり味なので女性客にも人気がありますよ」と応える。「そうね。これだとにおいもなく初めての客にも抵抗ないわね。一度妹を誘ってみようかしら」とわたしを見ながら笑った。その後、わたしが研修で留守のとき高校を卒業したばかりの妹とヤギ料理を食べているらしかった。彼女の話だと、ヤギを食べるのは秘密めいた快楽があると言っていた。ところが同僚などに面と向かってヤギを食べに行ったことを話すのは躊躇《ためら》われるというのだ。言われてみればそうかも知れない。面白いものだと考える。それにヤギ汁だけではいくらか物足りないという。お酒を少し飲みながらつまむヤギ刺しもなかなか良いものだと話す。

三人だといろんな話になったりで楽しい雰囲気が醸しだせる。そんなことでときどき妹を加え竜宮通りの〈ヤギ料理店みなみ〉から、安里で十年前から営んでいる〈ヤギ料理十八番〉へも足を運ぶ。彼女の紹介だった。ここのヤギ汁もあっさり味だという。肉に、ニンジン、タマネギ、ニラを炒めたチーイリチャーが評判の店だった。彼女は味噌味のヤギ雑炊が美味しいと話していた。妹はその日わたしと同じチーイリチャーを食べ泡盛を飲んだ。そろそろ子どもが欲しいと話しかける彼女に、酔った妹がわたしへ寄りかかって自分も腋《わき》の手術をしたことを喋ると、たちまち目つきの変わった彼女はふくれっ面《つら》になってぐいぐい飲み始める。妹はそんな彼女に構うことなく映画の話をしつつ、もう二十五にもなっているといって堂々と飲む。わたしも映画ファンだったので妹と話し込んでいたが、十二時前になったので引き上げることにして、勘定を済ませて店を出た。妹が信号機の前に立っていて大声で手招きする。急いで走った。後から付いてきた彼女は信号が変わらないうちにと慌てるものの、脚が不自由なためなかなか思うように進めない。そのとき、信号が変わった。振り返ったわたしが、あっと短い声を発したのと彼女が車に跳ねられるのがほとんど同時だった。彼女の身体が宙に舞ってドサッとアスファルトに叩きつけられる。仰天《ぎょうてん》したわたしは彼女を抱きかかえては車から降りてくる米兵と押し問答になったり、彼女の手首を握ったりで、おろおろしているうち救急車が来て病院まで運んだが、しばらくして息絶えたのだった。

三十一年前のことになる。わたしが三十二歳で彼女は三十七歳だった。酔った彼女への配慮がたりなかった。いくら悔やんでも悔やみきれるものではなかった。

このところ途切れていた教師仲間からの電話が以前のように掛かってくる。困ったことには独り身だから慰めないといけないという奴もいる。迷惑なことだ。わたしはわたしなりに独りの生活を充分楽しみこれからの目的を持っている。

あのころ飲んだ男たちは気になるのか、四月十六日のＪＡ「ゆらてぃく市場」オープン日の昼食どき、「プルメリア」を覗きにやって来る。

ところが心配を吹き飛ばすかのような盛況ぶりで、ママはてんてこ舞い。無精髭の狩俣と二人のお手伝いのオバサンがいる。ほんとにこれで店内は一日でヤギのにおいが染み付きそうな感じだ。あとで回ってくることを告げ、辺りを散歩する。ＪＡのまわりは旗がぱたぱたなびき人混みで活気がある。二ヵ月前にママのヤギ料理を味わいつつ、これは初めてでないなと感じていた。狩俣は奥さんとはどうなっているのか分からないが、でもまあいいではないか。わたしの転勤に合わせて石垣へ来て住み着いてしまっているケイコさんだが、ここいらで落ち着いてくれると良いのにと考える。図書館へ行き、時間をつぶし、再び店へ戻ると、札幌農大のパイナップル男、狩俣がわたしの来るのを待っていた。テンションのあがっているママは店を閉めるとわたしたちと同席して、厨房のオバサンたちへ四人分を注文する。すぐにはこばれてくるヤギ汁を食べながら試食会のとき言い足りなかったのかヤギ談義が再燃する。今回はケイコさんも加わる意気込みだ。

「今の人のヤギの食べ方は間違っているなあ。昔の話しからして、発汗作用のあるヤギ汁と冷たい生ビールや氷で割った泡盛は相性が悪いのを分かっていながら止めない。時代の流れといっても、これは何とかしないとなあ」農大卒のパイナップル男が話し出す。「ママ聞いておきなさいよ。沖縄本島のある店では、一度に大量に作って温め直したりすると肉が軟らかくなりすぎるということで、ヤギ汁用の肉と骨付き肉は別々に作り置きしているところがあるらしい。やはりそういう店はお客が多いというな」

「ハイハイ、分かりました。忙しいときは玉城先生も手伝いに来てね」

「沖縄の民間療法として、出産予定日を過ぎた妊婦にヤギ汁を食べさせる風習があったが、今はそんなときヤギ汁を食べるということはないか」

「そうサ、こんなことは昔の産婆さん時代の話さァ」

「まあ、それはそうだろうなあ。それはそれとして、ヤギ雑炊《ジューシー》は寒いときや酔い覚めにはこたえられない旨《うま》さささねぇママ」

「これは安くで出せるから考えておこうね。あっ、そうそう川原から来るときはフーチバーをたくさん持ってきてよ」

「二三日前にあんなに摘んで来たではないか！」

「もう、残り少ないよ。ウチね、ゆくゆくは、ヤギの焼き肉、ステーキといった新しい分野にも挑戦してみようと考えているのよ。いつだったか八重山産業まつりを見に来ていた熱帯農業研究所にいるインド人がウチに語りかけてきたことがあったの。もちろん日本語だったけど。インドでヤギは高級食材で国民食ですと話していたのね。それで試しにヤギカレーをつくってみたのよ」

「へーえ、カレーねぇ。そういう話しになってくると私らは狩俣さんのようにヤギ汁中心で古い人間になってくるかなあ」

「それって、沖縄本島でもやっているところがあって好評らしいね。けどヤギ肉が他の肉に比べて高いから具としての肉を多く入れられないのが悩みの種らしいのよ。だからといって普通のカレーより高値にしたらお客はそっぽ向くだろうし。大浜さんどう思う」

「そうかもしれない……」

「……大浜さんはあまり物を言わないで、いつもウチをからかうように笑ってるけど、ヤギそばって案外いける味だと誰かが話していたわよ。狩俣さんだった？」

「そうサ。これいうなら牛そばは何といえばいいか！」

「そうよ、そうよね。だから大浜さんみたいに食わず嫌いではいけないわよ。案ずるより食べるがごとしってこともあるからね。こんなときだから別のメンバーともあの日みたいにヤギ汁を食べて月一回のヤギ模合《もあい》をやってるの。それと、これは若いときでかなり昔のこと。大浜さんにおごられてヤギ食べたことがあるけど、メニューにあった山羊玉、山羊玉ちゃん、山羊玉刺し、山羊金玉刺しってみんなヤギのあのほうのことでしょ。近いうちこれも入れたいなあ。ウチね、秘かに考えているることがあるの。川原山《カーラヤマ》やぎ専門店は高円宮殿下《たかまどのみやでんか》だったけど、ウチのところは秋篠宮殿下《あきしののみやでんか》と紀子さんが来てくれるのが夢なの」

「だからといって、その方たちまで睾丸……陰嚢《いんのう》を食べるかなあ……」

「えっ！　そうだったの。あの高貴な方はヤギ汁じゃあなかったの……」

「……でも夢や希望を持つことはいいことだから」

「まあ、大浜さんっていっつもこんなだから大嫌い！」

「おい、ケイコ！　お前、僕をさんざん利用していながら、一度も抱かさないで！　もしかしてお前なんか、いい仲じゃないか!?h」

　彼らやヤギのにおいのするママを振り切って店を出たときには十一時を過ぎていた。いつもより飲んでいるので酔いが回っている……山羊《ピピジャ》を食べ食べ後生《グショー》で山羊《ピピジャ》になってカチャーシーを踊るたくさんの人たち……橋が架かっていたところを渡ると、平得のマンションまで歩いて帰りたかった。歩きながら、いくら何でもこれまでの〈プルメリア〉ではヤギ料理を出す店の名前としてはそぐわないから、近いうち島材の栴檀《せんだん》に〈山羊《ピピジャ》パラダイス〉と彫り込みを入れたセンスのいい看板を掲げさせることを考えつつカマボコ店の東の道から北へと上がる。昔歩いた道を歩きたかった。十字路にさしかかる度に家並みを眺める。コウモリの飛び交うビッチンヤマ御嶽《オン》までくると近くの民家からほのかな香りがしてくる。夏に咲く夜香花のジャスミンの香りではありながらもいくらか控えめの、それでいて心地よいものだ。においに誘われ木の近くまで来て立ち止まった。月明かりにそびえる木はかつてわたしがヤギを養っていたときの、茅《かや》を葺《ふ》いたあの日の、芭蕉の向こうに黄金色《こがねいろ》の実をたわわに付けてそびえていたまるばちさの木だった。その木が今の季節に夜香花にさきがけたくさんの花弁で盛りあがった清楚な白い花からしっとりした気品のあるにおいをただよわせていたとは分からなかった。ざらついた大葉の木からは想像もつかないものだった。煌々と照り輝く十三夜の月を眺めているうち凛《りん》とした先生の横顔が重なりはっとする。まだ喜美恵さんの面影を引きずりながら生きている自分がいる。溜息のあと、花を見上げて深く息を吸い込むと月明かりの路を歩き始めた。

石《たま》、放つ

振り返ると、歩きながら、草の間から適当な小石を拾っては左のポケットに入れ、辺りを見回す。しばらく雨戸が締められたままの家が在《あ》ったが、去年の台風で家が倒壊したのを機会に取り壊されていた。すると瞬く間に雑草が生えだした。四十歩くらい進むと振り返り、ビンに視線を向ける。粟石《あわいし》の低い囲いへ二本ずつ両手に引っ提げて来たビンを並べ立てていた。そこには数年前まで豚がいて、夕方になるとやかましく啼《な》いていたのが今では考えられないくらいだ。屋根はなく、柱が数本残っていて、そのうちの一本に朽ちかけた壁板が一枚引っ掛かったように、頼り気なく、いびつな十字の形を残しているだけで、全体が白っぽく乾ききっている。あれほど臭かったにおいはなく、蠅さえ飛び交わないのが幾らか寂しくもある。じっとビンを見つめると、ゴムかんを取り出し、二本のゴムからの皮に石《たま》を嵌《は》めて握り、弓を引くときのように目の前から、ゴムを始点にして、ゆっくり前方と後方へ腕をのばしていき、石《たま》をくるんだ皮を右の目尻まで引いて静止すると、狙いを定める。Y字になった叉木《またぎ》の中心へ標的を合わせ、石《たま》を放つ。最初は外れ。二発目は胴に当たって、破片が飛び散り、ビンの上部が囲いの中に飛び込んだ。三発目は、ビンの上部を逸れた石《たま》が後方の石垣の隙間へガチッとはまった。ゴムかんを脇へ挟み、手のひらをズボンへ擦る。息を吸うと、再びゴムかんを手にして、石《たま》を放った。ゴムかんから一直線の石《たま》が光を放つビンの口へ当たり、破片が豚小屋の外へ飛び、ビンはそのままだった。息を吐き出し、塀へ歩み寄ると、立ち止まったままビンを見ていた。

物音がして振り返ると、リヤカーを停めたままの、おばさんが門の影から恨めしそうな顔で見つめている。ぼくは唇を斜めに走らせたまま、目を逸らせた。おばさんが言いたいことは知っている。おばさんは空きビンを買い集めているから、ぼくがいつものようにビンを標的にして割っているのが腹立たしいのだ。おばさんからすればぼくの父親はお得意先になる。それをぼくがビン撃ちを始めたので、黙っておれないのだ。父はぼくが小さいときから酒を飲むと人が変わったようになった。初めは静かに飲んでいて、二合くらいから、目付きがどんより淀んだものに変わっていく。気にさわることがあろうものなら、跳んできて、胸ぐらを掴むと、激しいビンタを食らわすのだった。小学生のころは寝ているとき気づかれないように擦り寄ってきて、腕で胸を押さえ付け、腿《もも》を捩《ね》じるようにつねりあげた。翌朝、太腿に石《たま》で撃たれたみたいな青痣が浮かび上がっていた。母は愛想を尽かしてとっくに家を出ている。今でも酔うと昔のように跳びかかろうとして睨むが拳をわなわな震わすだけだった。それは中学一年のとき、跳びかかる父の襟首を掴み、庭へ投げ飛ばしたからだった。これまで父を恐れ、床下で夜を過ごし、そのまま学校へ行っていたことも何度かあった。ぼくのこの変わりように、父は女と一緒に家を出ていったが、一年後には一人になって戻っていた。それからはろくに仕事もせず、金を借りては飲む、という酒びたりの生活だった。お蔭で田畑は人手に渡っている。おばさんは、ただ遊ぶためなら空き缶でやればいいものを白金みたいにとつぶやきながら、ペッと唾を吐くと、リヤカーの取っ手を持ち上げ、門の辺りから見えなくなった。空きビンの擦れる音にちぐはぐな足音が聴こえる。おばさんのいう白金《シルガニ》とは石投げの名人で、暴れ牛や馬がいると拾い上げた小石を目玉に投げ当てて倒したり、飛ぶ鳥さえ撃ち落としてはみんなを驚かせたという実在した男でぼくの曾祖父といわれる人のことだが、ぼくのビン撃ちはもちろん父への不満からだった。命中したときの快感は、父を殴り倒したときと同じものだった。そんなわけで空きビン撃ちにこだわっている。初めのうちはビンの胴の部分でさえ外れていたが、二、三日前から細長いビンの喉《のど》あたりまで撃つことができるようになった。

フィラリアで片方の脚が大きなおばさんの去ったあと、ぼくの家の後ろの小鳥小屋を物珍しく眺めていた友だちが、何か話したそうな顔つきをして近づいてきた。羽根を狙い撃ち落としたピーサーをたくさん飼い、盗んできた芋とあわせて食べる生活をしていたころだった。そんなとき彼らが、近所の女の子に鶏の卵を持たせ、撃てたら、金をやると言ったので、やってみた。ところが、狙いを定めたとき、わざと大きな声を出し、ぼくの手もとを狂わせてしまった。石《たま》は手のひらの卵を大きく逸れて口もとに当たり、腫れ上がった唇をした子を引き連れて来た父親に顔面や耳を殴られた。その後左の耳の中に虫がないているいる感じでときおり眠れなくなる。ったく、年下だが油断のならない奴らだった。今度はまた何を企《たくら》んでいるというのか。そのうちの一人がうす笑いをしながら話した。マンゴーを取ろうとしたところ、意外なことに女の子にどやされたというのだった。不満顔の彼らの話を聞いたあと、四発目の石《たま》を放った。頭のようなビンの先がすぽっと切れ、透明の光る輪が宙に舞った。そのとき鳥の鳴き声に目を向けると、彼たちのいうその彼女が、崩れかけて低めになった北角の木陰にいた。彼女はぼくのビン撃ちの一部始終を見ていたのか、感心した表情で笑みを浮かべながら、音を立てずに手を叩いていた。彼女を見た年下の奴らは、ぼくの表情を探るような目で窺っていた。マンゴーのある瓦葺きの家でお婆さんと暮らし始めた彼女は、島外の街から転校してきていた。

閉めきった薄暗い裏座で、福木の叉《また》を蝋燭《ろうそく》の炎で炙《あぶ》りながら曲げていた。福木の木肌は黄色みをおびていて、皮を剝《は》いだばかりだとつんと鼻を刺す酸っぱく冷たいよそよそしいにおいがする。ゴムかんをたくさんこさえることはないが、ぼくは他の友だちとは違う。彼らは遊びだが、ぼくは生活のためでもあったからだ。だからいい叉木《またぎ》になりそうなものがあると切ってきて、きれいな湾曲の叉《また》にする。これを急いて力を入れ過ぎると、炙っている最中に裂ける。少しずつ炙り、冷やしたりするのを繰り返しながら辛抱強く曲げていく。ときどき樹液が炎の先に滴《したた》り、じゅ、じゅ、と音をたてる。叉《また》は福木の若木で、先端の枝分かれから二段下くらいのところがいい。それだと握るところがやや太めで安定性がそなわるからだった。大きな屋敷の家の周りには種からの福木が石垣沿いに生えていた。その木が五十年くらいになると切り倒し、砂浜に埋め、潮浸《しおひた》しにする。そうすると、虫も付かず、堅固なものとなる。だいたい柱としての建材だが、皮は黄色をとるための染料だった。切り口に滲んで固まった樹液が手にむちゃむちゃするのを感じながら、叉《また》を交互に炙る。炎を見つめ、外炎へ近づけては離したりしながら徐々に曲げていく。一度に五つの叉木《またぎ》を炙っている。去年も叉木をつくるため近くの家の福木を切っていると、お前が芯《しん》を切ったらこの木は奇形になってしまうではないか、とそこの父親に張り飛ばされた。凄い剣幕だった。炎に叉《また》を動かしながら、あのときの赤い手形が頬に炙りだされてくるような感じがした。そんなこともあったりしたが、形のいい叉木《またぎ》になりそうなものがあると、夜中に忍び込んで切り取った。疑いを掛けられても、現場を見られてないから嘘が付けた。誰か他のものの仕業ではないかと言い張った。炙るとき叉《また》がもとに戻らないように両方からの紐をちぢめていく。形が整うと左右からの紐を叉先《またさき》へぐるぐる巻きにしておく。次は命ともいえるゴム選びだが、他の友だちは自転車のチューブを使うが、それだとウドンみたいにびらびらして、カラスを撃ち落とすことはできない。ぼくのは自動車修理工場から盗んできた六トン車のものだ。この厚めのゴムを、使い古しのヤスリをグレンダーで研いだ手製のナイフで、ちょうど屠殺業者のように切り裂いていく。四角にちかい厚めのゴムをコイルで叉《また》に結び、石《たま》受けの皮は、街から拾ってきた本皮のバンドからのものを使う。こんな手の込んだ仕上げでなくとも石《たま》は充分に飛ぶ。しかしそれくらいのものでないと他の連中と同じレベルにとどまるから嫌だった。ぼくは叉木《またぎ》を炙り終えると、これまでのものの隣に掛け、煤で黒くなった指を見ながら、ちかちかする蝋燭の炎から浮かびあがる絵に目を向けた。

渇ききった大地にうずたかく積まれた頭蓋骨の上を数十羽のカラスが飛び跳ねる。幹をえぐられ枯れ果てた左後方の樹にカラスが止まっていて、右遠方には廃墟と化した街が眺められる。画面半分やや上、骸骨の山の後ろから太い線を引いたように紫の起伏の山並みが横たわる。あくまで青く澄みきった空にもたくさんのカラスが旋回している。石ころのように積み上げられた頭蓋骨の一つ一つを凝視していくと、それぞれがまだ息をしていたころの顔かたちが蘇ってくる。この、骸骨にカラスの単純な構図の絵はぼくに強い衝撃をもたらした。その後いつもその絵が瞼《まぶた》の裏に甦ってくるので、教会近くの図書館へ通いスケッチブックに模写を繰り返したのだった。そのうちのこれが一枚だった。

ちょうど、眉間に縦じわを寄せ、左向きに睥睨《へいげい》するダビデのひきしまった裸像に魅せられていたときのことだった。

ぼくは蝋燭の前に歩み寄ると、微かにゆれる炎を一息で吹き消した。

真新しいゴムかんでの試し撃ちのため、今日も独りで空き地にいた。

空きビンを一本囲い塀へ置くと、いつものように振り返り歩きだした。歩きながら、昨日、石垣の向こうからぼくの一挙一動を見ていた彼女のことを思い浮かべていた。二ヵ月前の学校でのことだった。セーラー服を着た女の子が、とおく水道の蛇口のならんだ水飲み場の辺りから照りつける太陽の熱にゆれたつ地表の中庭を、先生と見知らぬ男に付き添われ歩いていて、ぼくのいるざわめく教室に入って来たのだった。一瞬教室は水を打ったように静かになる。彼女はとても中学生とは思えなかった。白い布地からの胸が他の女生徒とは比べようもないくらい膨らんで見えた。汗ばんだ額《ひたい》の下のくっきりと細くはねあがった眉、それに大きなきらっとした瞳がなにより魅力的だった。色白でほっぺたもほんのり紅色に染まっている。名前を上沼美智子といった。その後どういうわけか知らないが、彼女はぼくが登校する時刻に門をでてきた。自分の門の前から西へは行かず、ぼくがいつも通る彼女の屋敷裏からの角で待っていて、ぼくが通り過ぎるとしばらくして後を追う。ときおり振り返ると彼女は立ち止まって笑った。登校のときはこれまでいつも一人だった。一、二年のときから、村の後方の道から行き、知らん振りして畑の南京豆《ジーマミ》を引き抜いたり、トマトをもぎ取ってカバンに入れたり、ハッカの葉をむしり指で揉んでは鼻の穴に詰めて深く息を吸い込んだり、ときには墓の香炉《こうろ》を狙い撃ちしたりして、ようやく学校へ辿り着くというふうだった。それが今では彼女が影のようにぴたっと付いてくる。まるで鞭《むち》を持った彼女から道草をしないように追い立てられているようで、変な気分になり、ほとほと参ってしまった。彼女は学校が近づくと歩調を緩めるのか、距離を置き、ちいさくなっていった。ほっとして教室に入るのも束の間、彼女は窓際のぼくの席の隣だった。ところが教室でのぼくに対する彼女の態度はまったくの別人だった。しかしそれがぼくにとっては良かった。みんなのいるところで彼女のような女の子に声を掛けられたり、笑顔を向けられたりしては噂の種になるのがおちだ。事実彼女は転校して来た翌日には学校中の評判になっていた。それほど人目を惹《ひ》く彼女が、痩せこけとげとげしい目付きをして、進学をあきらめ、授業中ノートに絵ばかり描いている本土就職組のぼくなどはじめから眼中に無いのは分かりきったことだった。

ぼくは大きく息を吐くと、ゴムかんを引いた。これまでのものより幾らかゴムの引きが強い。狙いを定め息を止めていても、炙りつけた叉木《またぎ》の肌、ゴム、石《たま》受けの皮、それぞれの真新しいにおいが漂った。石《たま》を放つ。一直線に飛んだ石《たま》はビンに当たって微かな音を立てた。ぼくは駆けて行き、持ち上げた。ビンの胴の中央に丸い二つの穴がある。やった……。こみ上げてくるものを抑えきれず、ぼくは空に向かって、拳《こぶし》を上げて叫んだ。そして、ポケットから取り出したすべすべした岩山ちかくの川からの丸い石《たま》を手のひらに乗せ、その黒光りを眺めていた。

そのとき、門から入ってきた彼女が拍手をした。

傍《かたわ》らの彼女は、ひかえめな笑みをもらしながらも息を荒らげ、ビンの穴をまじまじと見つめたあと、ゴムかんに触れたり、ぼくを見ては瞳を輝かせた。彼女は異常なくらい興奮していた。初めて会うみたいに自己紹介をするので可笑しくて、彼女を見るとくすっとした。ぼくの態度に彼女も照れくささを隠しきれず、思わず恥ずかしそうに笑った。彼女と言葉を交わすのはそれが初めてだった。

ぼくはさらに腕に磨きをかけていた。撃ち落としたピーサーを、福木の根もとで焼いて食べていたとき、彼らからマンゴーを撃ち落としてくれるように頼まれていたからだった。穴を空けるのとはいささか異なる。これまでよりさらに習練を積み重ねる必要があった。そのころだった。近くに住む兄さんの通うY高校の辺りまで来ていて、何気なく高い掛け声の響く講堂を覗くと、兄さんが剣道の防具を身体《からだ》にまとい、稽古をしていた。兄さんの振り下ろす竹刀からの一撃は強烈だった。周りの人たちや先生が、今年は彼が優勝するだろう、と話しているのを聞き、ぼくまで気分が高揚した。向かいに目をやると、気のせいか曇ったガラス窓から見覚えのある顔をちらっと見たような気がしたが、いなくなっていた。校門を出ると、辺りを歩きながら、福木の木陰から、灰色の空をバックに水平に張った電線へ狙い定めた。数えきれないくらいゴムかんから石《たま》を放つのを繰り返しているうち、電線が弾かれ、とうとう震えて疾しるギューンという音を聴いた。

いつものようにぼくがゴムかんを持って街をふらついたあと帰って来ると、彼らが慌てふためいた様子で話し掛けてきた。日に日に大きくなっていくマンゴーを見ているうち、じかに触ってみたくなり、彼らの一人が石垣の隙間にひょいと足を掛け、顔を出すと、雨戸が半分開いた東側の縁側近くに彼女が机を前にして座っていて、キッと目を向ける。ビックリして掴んだ石垣のままずり落ちたところへ兄さんが通りかかり、まだ食えないかも分からんが取ってあげようといい、彼女の許しを得て、木に上って二三個もぎ取り、飛び降りた瞬間、右足を挫《くじ》いてしまったという。これで兄さんが優勝するのは絶望的だと口惜しがる。兄さんは二年生でありながら剣道部のエースだった。一年生のときは準優勝だったので今年こそはと意気込んでいた。彼女も応援にいくと話していた。兄さんのうなだれた姿を想像するとみんなも何とかならないものかと考える。

そんなある日、彼女が、マンゴーを取っていい、と言ったというのだ。

ぼくは気が抜けたようになったが、みんなは喜んで木へ上り、まだ成熟しきれてないマンゴーを落とすと、その場で皮のまま食べた。彼女は変な味だと言い吐き出したりした。確かにまだ白い果肉で種さえ固くなく、味らしい味のそなわってないものだった。しかしそんなことはまったく気にならなかった。これまでの焦《じ》らされた反動からか、一人で七、八個くらい食べた。車座になったぼくたちはたちまち彼女と親しくなった。あれこれ話しているうち、友だちの一人が、せっかく練習してたのに残念だったなあと喋った。ぼくは黙ったままだったが、調子に乗った彼はマンゴー落とし作戦やぼくの練習の一部始終を彼女にぺらぺら話したのだった。話しおえたあと彼はぼくの目付きにたちまち怯えだした。すると、これまで笑顔を振りまいていた彼女が、頭をこころもち上げなにやら遠くを見るような視線になり口数が少なくなっていった。

翌日、彼女から誘いを受ける。

ぼくは喜んで彼女の家へ行った。

みんなも呼ばれているものと思っていたところぼくだけだったので、緊張感がたちまち抑えきれない嬉しさに変わっていく。彼女はこれまでのクラスでのことを話したりした。ぼくも登校時にからかわれたことなど話しては、ときおりマンゴーを見上げて笑った。

しかし彼女の仕草にどこか自然でないものを感じ始めていると、思いも寄らず相談を持ちかけられたのだった。それは、足もとに擦り寄ってくる仔猫がいつの間にか膝の間でまるくなっているというふうな巧みさだった。「裕一さんのこと何とかならないかしら……」ぼくははっとして、ガラス窓からぼやけて見えたあのときの顔が瞬時に彼女と重なり、恥ずかしさで顔が火照った。「あんた、あんなに練習に励んでいた人が優勝出来ないなんて、神様もどうかしてると思わない」と、彼女はじっとぼくを見つめたまま話をつづける。そしてぼくの右手を両手でやわらかく包み込んだ。手のひらがじりじりと汗ばむ。彼女の息づかいに、たちまち震えをともなう熱いものが身体じゅうにひろがるのを感じた。こんなことは生まれて始めてのことだった。しかも彼女みたいな美しい人から。「ねぇ、わたしに力を貸してくれない……」彼女のなめらかな低い声に、床を見ていた目を上げる。彼女が真剣な眼差しを向ける。ぼくはなぜか悪い予感につつまれたが、すでに後戻りのきかない乗物へと駆け込んでしまっていた。

　翌日、彼女は実業高校であるN高校の講堂へぼくを誘い、兄さんから教えてもらったという対戦相手の顔を覚えさせた。試合は二日後だった。ぼくは帰りすがら、なぜこんなことになったのかを、遠慮がちに問いただした。彼女はためらっていたがやがて喋りだした。「わたし裕一さんに勝たせてあげたいの。だってほんとは彼が優勝すべきだった試合でしょ。それをあんたの友だちが物欲しそうにマンゴーを眺めているからそんなことになったんじゃない」彼女が自宅の辺りで、自転車を止めた兄さんと親しげに話しているのを目撃したことがあったのを思い出した。「でも……どうして、ぼくにそんなことを……」と、聞くと、「あら、いいじゃないの。いけない？」彼女はぶっきらぼうな口調で言い、静かにつづけた。「あのね、ここへ転校する前はあたし、よく教会へ通ってたんだけど、でも、何もかも嫌になっちゃって……。ところが今ごろになって神様っているかもしれないと思うことがあるの……。そんなふうになったのは、あんたに出会ってからよ」

「……事情がありそうだけど……このことには、あまり気乗りしないな」

「そう……。では、わたしのこと、好きではないのね」

「えっ！　いや、あの、そうでは……」

「ハッキリしなさいよ。これでも男の子なの」鋭さのくわわった彼女に、ぼくはどう応えていいのか分からずただ俯いたままだった。そのぼくへ彼女が擦り寄り、耳元で囁《ささや》いた。「うまくやってくれたら、キスしてあげる」彼女の言葉に、いつか観た映画のようにぼくと彼女が唇を重ねるのを想像しただけでたちまち身体が熱くなっていき、ぼくは彼女の目を見つめたまま頷《うなず》いていた。

考え事をしながら歩いていると、廃水のながれる石垣沿いでカラスが何やら奪い合っている。同時にくわえて飛び上がっては落とし、辺りを見回しては跳びはね近づく。そのかっこうは両手を後ろへまわした子どもがたがいにぴょんぴょんしているみたいで滑稽《こっけい》だったので食い入るように見つめていると、ぼくに気づいたのか樹上へ飛び去った。近づいて見ると、潰れた目に股の裂けかかった蛙《かえる》があった。

ぼくはその夜寝つけず何度も寝返りを打っていた。約束はしたものの考えれば考えるほど納得のいかない話なので、どうしていいか分からず、宙ぶらりんの気持ちになっていると、すぐさまあのひんやりした笑顔に、燃えたつ瞳でぼくを見つめていた彼女の顔が浮かんできて覆いかぶさるのだった。それに、彼女が転入してきた日、柱の側で立っていた父親は何処《どこ》かで会っているように思えた。先生へ挨拶をして歩いていく後ろ姿、いくらかガニ股の足運びに靴底で砂利を潰す力強い特徴的な歩き方、などがぼくの記憶の片隅にぼんやりとしてあった。


学校帰りに雨が振りだした。

梅雨に入っている。

鞄《かばん》を頭の上に乗せて走っていて、福木が道の両側から枝を広げて重なり合ったところへ入る。ふーっと息を吐いていると、向かいの電柱の影で手提げ鞄をスカートの前にまわした彼女が上目遣《うわめづか》いで問いかけるようにぼくを見ている。昨日のことがあって声をかけるのに躊躇《ためら》いがあり俯いた。薄暗いなかでお互い押し黙ったままだったが、やっとのこと顔を上げ、彼女と向かい合った。しかし言葉は出なかった。福木の葉から雨粒といっしょに黄色いまるっこい花がぼくと彼女を遮るようにすーっとつぎつぎ落下してくる。路面の細かい砂利の上には、黄色の玉花が敷きつめられたように転がっている。それがときおり葉から落ちてくる大粒の雨垂れに弾かれ、踊っているみたいに跳《は》ね、蛇のようにくねるちいさな川をひっかかりながら流れていく。やがて雨脚が弱まり路面の花も静まりかけると、ぼくに目を据《す》えたまま足を踏み出し、そっと側へ寄り添うと彼女は濡れた髪のにおいをさせ、約束の時間を告げた。

とうとう彼女の誘惑に勝てなかった。

雨に打たれて見すぼらしい一羽のピーサーが啼きながら目の前を掠めていくのをぼくはただ眺めていた。

家に帰って着替え、柱にもたれかかり、うつらうつらしていて、ひきこまれていく眠気を覚えていると、唸り声がしてくる。やがて、遠浅の彼方の泡立つ海の中から、いきなり立ち上がった素っ裸の、見覚えのある巨《おお》きな男が、滝のような飛沫を散らして歩いてきて、辺りを見回す。男は肩に絡まった海草を束ねて腰に括《くく》り、空を仰いで深々息を吸い込む。そのあと、ゆっくり身を屈め、石垣からの石を握りしめると、突然目を剥き、家へ向かって石を放つ。石は、屋根から土にめり込んだり、正面から背後の家へ貫通する。何という凄まじい破壊力。石を投げつけては地響きを立て、歩いていく。遠くから、一糸まとわぬぼくが男に向かって駆けていく。男は、木々をなぎ倒しては、ひっきりなく投げつける。茅葺き家が崩れ、土煙を上げる赤瓦家の倒壊が響きわたる。ぼくは懸命に走る。男に近づくにつれ身体《からだ》が男のように大きくなり、大人になっていく。さらに走る。男の背中が間近に迫る。と、接触して息を吐きかけたとたん、ぼくと男の身体が一つになってさらに加速をつけ疾走する。ぼくは村を巡っては破壊を繰り返し、逃げまどう人々を踏み潰し、たちまちのうちに教会や学校を撃ち壊していき、やがて町までも壊滅してしまっていた。

その奇妙な夢のことを考えながら歩いているうち、ぼくは彼女の話したところへ来ていた。

そこは村はずれで、N高校へ行く上りになっていて、そこから九十メートルの下りで着くという高台だった。忠魂碑《ちゅうこんひ》と墓が四つ五つあって、周りは石ころだらけの土地で、ギンネムの雑木林のあいだにいくらか芋畑が広がっている。

兄さんとの対抗選手のいるN高校の講堂からは竹刀の打ち合いや掛け声はなく、ただ明かりが漏れている。ズボンの両側のポケットの表面へ手のひらを這わせ、盛り上がったものを強く握り締めたとき、教会をすぎた坂道への暗がりから傘をさした彼女がやってきた。

白いブラウスにジーンズの彼女は立ち止まると、シャンプーのにおいを漂わせ、緊張しているぼくへ唇を斜めに走らせた。「あんたを信頼してないというわけではないの」と、彼女は言った。「ただ、暗いので、相手を間違えてしまえば元も子もないと考えたの。それであたしが門の辺りからその相手と一緒に歩いてくることにしたの。それだと確実だわよね」。もっともな考えだと思った。「ここまできて、絶対にミスは許されないわよ」ずしっとくる言葉にぼくは頷いた。同時にいくらか緊張感も緩み、彼女の緻密さに舌を巻いた。これだとまず失敗はない。彼女はくるっと背を向ける。歩きだした彼女は坂を下りきると、右に折れ、姿を消した。風に舞い上がった髪の隙間から見えた彼女のうなじがぼくの頭の中でビンのほそながいところとダブった。

ぼくは忠魂碑の台座に上がり、くろぐろと横たわっていくギンネムの傾斜の向こうへ、高く聳《そび》えるモクマオウの木々に囲まれている校門へ目をやった。講堂から漏れる明かりに浮かび上がるほそい針のような雨が目に映る。明かりが消えると、学校の建物のとおく父と登ったことのある、洞穴《ほらあな》奥深くに豪族の骨が散乱する三角形をした岩山の彼方にうすく墨を引いたような山の稜線が微かに見えた。台座を降りると、段差のある二つ向こうの亀甲墓へ移動した。ポケットに手を入れると、滑らかな川石を指先でしりぞけながらがさついた軽い小石を掴みだし、ゴムかんの皮へ挟むと、Y字がまるみをおびた真新しい叉木《またぎ》を握り、右手でぐいとゴムを引いて狙いを定めて、ゆるめたあと、脇へゴムかんを挟み、深呼吸をして指を交互に鳴らした。音は墓地の静けさのなかで意外に響きわたった。自分に言い聞かせた。人を殺すわけではないから、落ち着くのだと。気を鎮めもう一度深く息を吸ってゆっくり吐く。身体の力を抜いた。進行状態を知らせるやや大袈裟な彼女の笑い声がひびく。石塊《いしくれ》の湿った路面を歩く足音に、屈みながらハンドルを掴み自転車を押す力の入った足音と、ときおりチェーンカバーのすれる音がだんだん近づいてくる。固唾《かたず》を呑《の》み身体を隠した木の幹から半身を出し、息を吸いながらじりじりゴムを引くと、ぴたっと息を止め、ゴムかんのY字の真ん中に視線を集中した。忠魂碑のかげから自転車を引き、横向きで話しかけながら歩く男が枠に入る。男の歩調に合わせてゆっくり移動させ狙いを定めると放った。シュッと空気を切り裂く音がした。と、たちまち男が崩れるのと自転車の倒れる音がして、かみ殺した呻きで足下を押さえ、うずくまる姿を見届けると、墓の後ろからギンネムの茂みに素早く飛び込んだ。

ぼくは懸命に木々を分け入りながらも、彼女の声や、駆けつけてくる複数の足音を聴いた。

どういうふうにして逃げて来たのかも覚えてなかった。

すぐ帰らなければならないのにぼくは賑わう街をふらついていた。と、遠くから、明かりを放つ箱型の布地に墨で文字の書かれたものを担ぐ鉢巻き姿の男たち、提灯を下げた人々の群れが、対日講和条約第三条撤廃！　アメリカは沖縄から出て行け!!　施政権を返還せよ！　我々は日本人だ!!　などと、声を合わせて叫び、じぐざぐ行進で押し寄せてくる。ソ連万歳と叫ぶ声さえする。弾ける雨は人いきれにたちまち湯気と化し、幾重にもたちのぼってはくねる。先生たちや労働組合員らの組織する祖国復帰へ向けての行列だ。それを近くの十字路からカーキ色の服のアメリカーが民政官府の人たちと幌《ほろ》をかけたジープの中でのけ反って眺めている。ぼくとは関係ない。みんな自分のことしか頭にないつまらない大人たちだ。神父ですら信用できない。学校なんか行かなくたって、図書館へ通ってさえいれば何とかなる。ぼくは沿道の人たちの間を縫うように進み、映画館の前を通り過ぎようとして、ちらっと横を見た。ショットガンを手にした男がぼくを見ている。あいまいな笑いを浮かべているのに、目は凄まじく血走っていて、あのダビデの、刺し貫く眼光を放つ。夢の男が甦ってくる。その大きなポスターは、ところどころふくれあがり、端のあたりが風にひらひらしている。あの男は大丈夫だろうか。彼女に頼まれたとおり踝《くるぶし》を撃ったのだが、予想外に酷《ひど》いことになってはいないだろうか。彼女は、兄さんと対等にしてほしい、これは悪いことではない、と話してもいた。小雨に濡れそぼりあれこれ考えているうちにようやく家の近くまで来ていた。歩きながら、彼女の家へ寄ってから帰ろうと考えた。彼女の机のあるあたりから明かりが漏れている。ぼくは石垣によじ登ると低く口笛を吹いた。大きな勾玉《まがたま》を吊るしたように黒々と垂れ下がったマンゴーの向こうから、髪をすいていたのかブラシを手にした彼女がすくっと立ち上がる。薄い布地から身体の輪郭が浮かび上がる。表情を強張らせるぼくを見た彼女はあわてて屈んだままみえなくなったが、しばらくすると服を着た彼女がぼくのところへと、下駄をつっかけ、急ぎ足でやってきた。石垣越しに手を差し出した彼女がニッとして、ぼくの手を握った。石垣が崩れないかとひやひやしながらも、彼女の手のひらからぼくの身体へ熱いものがながれてくるのを感じた。乾いた喉からやっとのこと言葉が突いて出た。「ど、どうだった?」との問いに「ええ、なんとかうまくいきそうよ。たちまち左の踝あたりが腫れ上がりびっこを引いてたわよ」と、答える彼女にぼくはつぶやいた。「よかった……丸いくりっとしたものが割れていたらどうしようかと……」

「いいえ。それにしても、やはり、たいしたもんだわ」

ぼくは見届けて逃げていたが、彼女の口からそれを聞きたかった。

「そのあとたくさん足音が聴こえたような……」

「うん。わたしが、足をさすってあげながら、駆けつけてきた部の者たちに、ちょっと躓《つまず》いたみたいと話すと、彼もそれ以上は答えなかったわ」彼女は肩をすぼめ、小さな笑い声を上げた。「それで彼を途中まで送ったの。何とか歩いてはいたわ。これで五分と五分ね。わたし、明日の試合にはどうしても裕一さんに勝ってほしいのよ。あんたも応援にきてね。きっとよ」彼女の声はいつになく弾んでいる。降り続いていた雨がいつの間にか止んでいた。何だか物足りなさを感じて俯いているると、爪がぼくの腕に深く食い込む。彼女の右手がゆっくり動き、ぼくは引きあげられるように一つ二つ石垣をかけ上がる。彼女の顔がまぢかに迫る。彼女はぼくの頭の後ろへ左手を這わせる。彼女の息づかいがぼくの唇のまわりにまとわりつく。ぼくは緊張しながらも大きくみひらいた目で、じっと彼女を見つめていた。そのとき、自転車のブレーキの軋みがして、門の辺りから靴音がした。

「あらっ、お父さんだわ」慌てふためいた彼女の声に、たちまち弾けるように離れたとき、彼女の父親が手にぶら下げた物を上げ、彼女に見せると笑った。ぼくは茫然として彼女のお父さんを見つめた。酒の匂いがぷ～んと漂ってくる。頭をひっこめそこねて黙ったままのぼくを見ると、

「同じクラスの者かい？　こいつは勝気で変わってるから友だちなんていないだろ」

「まあ、お父さんたらよけいなことを」

慌てた彼女が遮るように言い返す。

「いいじゃないか、少しくらいは。さあ君も一緒に。寿司、食べたことないだろう？」

「ときどきは……」

「ほう、そうか。でも、せっかくだから食べなさい。いや今日はちょっとした会合があってね。それでまあ」

怒鳴られると思っていたがまったく違った。

酔った彼女のお父さんは上機嫌で、玄関のほうへ向かった。肩をすくめた彼女が回ってくるようにとの仕種をするので、石垣を下りたぼくは、門から入って彼女の勉強机のある縁側に腰掛け何気

なく部屋をながめた。と、椅子に立てられている手鏡にぼくが映っている。電気スタンドからの斜光に際立つ顔はいつものものではない。思わずゾクッとして鏡の中の自分に見入っていると、突然目が眩んだ。明かりを付けた彼女は、お父さんが昨日用事で此処《ここ》へ来たことを話したあと、包みをほどき折箱を開いた。小さなおにぎりの上に刺身が服を着たように行儀よく並んでいて、まばゆいくらいてらてらかがやいている。初めて目にするものだった。ぼくが見つめたままでいると、彼女がちっさな容器のキャップをとって、その切り身の上へかける。醤油のにおいがする。彼女が慣れた手つきで、一つひょいと掴むと口のなかへ入れ頬を膨らませる。ぼくもそれを真似て口へ入れる。ところがしばらくすると鼻がむずかゆくなり、涙が出てきたが堪えて呑み込んだ。「山葵《わさび》が強いかもしれないね。すこし待って」彼女は割り箸で魚の切り身を挟み上げると、おにぎりの上の草色をしたものを箸先でのけてもとどおりに被せ、目で促す。ぼくは食べながら「これよりか稲荷寿司《いなりずし》のほうが美味しい」と言うと、笑いながら「そうかもね」と相槌《あいづち》を打つ。離れた部屋から彼女のお父さんと苦しそうに咳き込んで話す婆さんの声に線香のにおいがしてくる。彼女が、此処へ来る前はお母さんと三人でときどき食べに行ったと言うのを聞いていて、彼女の机に立てられた額縁入りの写真をちらっと見ながらその前に閉じられた本を横へやりそれは『青い麦』とかいう題だった。たくさんの本の並ぶ本棚から突き出た朝日年鑑を取り出しページをめくっていると、ふと指が止まった。

数年前話題になった皇太子ご成婚の写真があった。

人垣に埋まった沿道の中を、華麗な馬車に乗った二人が手を振っている。ぼくが小学五年生くらいのことで、日の丸の小旗が紙吹雪のようにたくさん映っている写真だった。ちょうど母が家を出て行ったころだった。盗んで来た鶏を竹囲いに入れると、庭に積み上げられた材木の上から、羽根をばたつかせ逃げ回る鶏へゴムかんの石《たま》を放ったりしていた。頭頂に石《たま》が当たると張り飛ばされるように後ろへビーンとのけ反る。鶏冠《とさか》が千切れ、首の折れた鶏の羽根を毟《むし》り、臓物を取り出しているとき、井戸の辺りから小さなつむじ風が押し寄せて来ると、福木の根もとに散らばるものをたちまち巻き上げた。呆気にとられ、座ったまま見上げるぼくの顔に灰色の空から綿毛が雪のようにふわふわ舞い降りた。

息を吐くと、何気なく、石垣の向こうの福木の間に広がる風景に目をやった。

濡れそぼってちぢこもった巨きな鼠の背中のようにたっぷり雨を吸い込んだ茅葺きの家並みが在る。ぼくは先ほど彼女に握られた手首を右手で包み込み、ふとマンゴーの木の辺りに視線を向けた。雨で砂がしまりところどころへこんでいる。振り向いたぼくへ戸惑いの色を見せた彼女は何か話しかけようとしたが、そのまま言葉を呑み込んだかのように黙った。立ち上がり彼女に別れを告げて歩きだそうとしたとき、吹き出した風にマンゴーの木から荒い雨粒がぼくの顔へ降り注いだ。

翌日、学校へ行くと、両高校の試合のことで話は持ち切りだった。

試合はあの兄さんのいる高校で行われるということだった。

普通高校であるY高校は、N高校に比べると生徒数も倍近くで、陸上競技はもちろんのこと、柔道なども圧倒的に強かった。ただ、剣道だけがN高校に適《かな》わなかったが、昨年から頭角を現しはじめた兄さんの活躍が期待されているとのことだった。後ろめたいものを感じながらも平静を装い、ぼくの周りへは寄りつくこともないみんなの話をそれとなく聞いたりしていた。彼女はY高校が勝つかもしれないなどと、高く響く声で喋っている。授業中、先生の話しを聞きながらも視線は黒板の奥を突き抜けてさまよい、別のことばかり考えていた。もちろんそれは顔もうろ覚えのぼくの撃ったあの男のことだった。いろいろ考えた末、観に行くのはよそうと心に決めたぼくは、授業が終わると一人街をぶらついた。途中、象《ぞう》の脚《あし》を引きずりながら歩くリヤカーのおばさんと出会ったが無視した。毎日のように降っている雨は上がり、海の向こうの青空には梅雨明け間近に見る多彩な変化をくりひろげる雲があった。ぼくは肩幅にみたないコンクリート護岸へ弾みをつけて上がると綱渡りみたいに両手でバランスをとっては歩きながら、貝や海草のはりついた傾斜の突堤あたりまでくると飛び降りた。銅鑼《ドゥラーン》を打ち鳴らす漁師《ウミンチュ》たちがサバニを漕ぎ合っている。それを見ていると漁師たちがふっと消え、ぼくと彼女の二人が水平線の彼方をめざして櫂《エーク》を漕いでいる。ぼくは頭を振り、溜め息をついてはしばらく遠くの島々を眺めていたが、浜に下りると靴先をめり込ませて歩き、ヤドカリの群れをぼんやり見つめながらも、頭の中では彼女のことや試合の様子が勝手に想像されて、かえって落ち着かず、荒く息を吐くと振り返り、早足で歩きだした。

校門近くの木陰では試合を済ませた一年生と思われる選手が竹刀の素振りをしている。講堂の周りは高校生で溢れていた。前の試合が終わったあとだった。ぼくは塀によじ登った。講堂の中に、一際目立つ私服姿の彼女がハンカチで額や首筋の汗を拭いている。そのかっこうは周りの高校生より大人びている。ガラス戸は外されていたが塀から中までは幾らか距離がある。ぼくは塀の内側の大きなデイゴの木が枝を窓にそって伸ばしているのを見ると、木に上り、枝のなかごろまで細枝をつたう。デイゴは成長の早い木だけに折れやすいので、つま先に細心の注意を払いながらちかづく。ぼくを見上げた窓近くの数人のN高校生たちが睨《にら》んだりするが、ふたたび講堂の中へと視線を注ぐ。

驚いたことに彼女のお父さんがいる。それも審判長のリボンを胸に下げて。

すでに試合は終盤に差しかかっているのが分かる。

剣道衣姿の男たちのなかに兄さんが座っている。赤紐を背中につけた対戦相手のN高校のずんぐりした、いかにも下半身の頑丈そうな選手が足を引きずってきて正座すると面《めん》をつける。ぼくの撃ったあの男だ。兄さんも頭にタオルを結んで面をつけ終わると中央の開始線へと歩いていき一礼、相手の選手と竹刀の剣先《けんさき》を向かい合わせる。審判の合図で、背中を丸めた姿勢の相手が盛んに気合を発してくる。その姿は若武者を思わせる兄さんとは違い、落ち着きのなさや、野暮ったさを露呈しているように思えた。兄さんはまず得意の面で仕留めてやろうと考えているのかもしれない。ときおり道で合うとみんなのまえで立たせ、竹刀を頭へ振り下ろしては、一センチのところでピタッと止める。その度に額の先が風圧でびびっとするのを感じたものだった。木の上からだと全体が俯瞰《ふかん》できて動きが手に取るように分かる。剣道は嫌いではない。街をぶらぶらしていて警察署の武道館でいつも見ていた。それはゴムかんで鳥を撃ちはじめた小学四年生のころからだった。狙いを定めて石《たま》を放つ瞬間と、技を決める一瞬の判断には共通するものがあるように思われたのだ。兄さんは立ち上がった位置から無言のまま、正眼に構え、小刻みに足を運びながら落ち着いている。相手の背中の赤紐が舞うのとはまるで正反対だ。相手は素早く足を引きずり兄さんを仰ぎ見るように、前後左右に身体を動かす。掛け声とともに相手の肩が前に迫り出した瞬間、面金《めんかね》の奥の兄さんの目が光った。肩を右に傾かせながらも、すっといっぱいに伸ばした背筋からの竹刀を振り下ろす。小気味よい音で相手の脳天を叩きつけた。さっと審判の白旗が三つ同時に上がる。一本目は兄さんが先取。これで兄さんが優位に立ったように思われた。が、どうしたことかその後の動きは目を覆うほどぎこちない。そんなことってあるのか。やはり足の痛みは予想以上かもしれない。相手が気合を掛けて打って出る。それを兄さんは肘から先をこまめに揺すり右足を庇《かば》うように左回り左回りにと接近していく。相手も兄さんの動きにびっこを引き後ずさっては距離を置き、執拗について回る。ぎこちない足どりの二人がいびつな形で円を描く。稀《まれ》に見るこの奇妙な決勝戦の様子に、場内から囁き声がもれる。兄さんの足はさらに箍《たが》がゆるんだようなひどい動きになっていく。これでは明らかに不利だ。相手は左足を引きずりながらも兄さんとの間合いを縮めはじめる。とうとう態勢が完全に入れ換わったとき、突然大きな叫び声を上げ突っかけてきた。強い力で振り下ろされる竹刀を右に払いよけ、後に跳んだ。だが軸足がよろけ、左の脇腹へ相手の竹刀が弾けた。一本！　審判の叫びが講堂の天井にこだまして、こんどは赤い旗が上がった。鮮やかな銅《どう》に歓声がどよめく。相手は見た目とは違って凄腕だ。いけない。これだと勝ち目はない。ぼくは枝を強く握り身震いしながら縮こまると肩をすぼめ、祈るように、両腕の隙間から兄さんを凝視した。勢いづいた相手は両肩の面垂《めんた》れを跳ね威嚇《いかく》しながら勝負を急く。まるで足の痛みなど無いかのように鋭い気合を発してふたたび力任せに飛び込んだ。ところが上体がせり上がったのを兄さんは見逃さなかった。一瞬の隙だった。小気味いい乾いた音が相手の籠手《こて》から鳴り響いた。ふたたび白旗が一斉に上がると、むせかえる熱気と凄まじい突風に似た歓声が講堂から吹き出してきた。兄さんの勝ちだった。礼を交わしたあと防具の紐を解くと、兄さんの汗にまみれた凛々《りり》しい顔や、跳び上がらんばかりに満面に笑みをたたえた彼女の姿がぼくの目に飛び込んだ。

籠手《こて》の決まった瞬間がしばらく瞼の裏にあった。

ほっとして立ち上がったぼくが枝をつたったとき、審判の人と窓際で雑談を交わしている彼女の父親を間近に見ていて、思わずどきっとしたその瞬間、腕に力が入り、鈍い音がした。折れた枝を掴んだまま真っ逆さまに落ちたぼくは気を失っていた。窓の近くにいた高校生が、大丈夫か！　と言いながら駆けつけ、抱き起こしてくれたとき、ポケットからゴムかんがこぼれ落ちた。たちまち目を剥《む》いた一人がぼくの腕を強く掴むと、有無を言わさず歩きだした。

それを見た彼女が慌てて駆けつける。

ぼくは数名のN高校生に代わる代わる引きずられ、Y高校を過ぎ、N高校の辺りへ来ると握られた手首を放され、五六人に囲まれるようにして歩いた。傍らに彼女がいる。塀沿いの大きなモクマオウ並木の葉を抜けていく風が微かな音をたてている。これからどういうことになるのか。ゴムかんをみたN高生は昨夜の疑いから、ぼくを捕まえたのは明らかだが、顔は見られてはいない。ただポケットからこぼれ出たゴムかんに、彼女が現れたのがまずかった。しかも彼女は相手選手を途中まで送っている。そんなことからぼくが事件の主犯だとみられても仕方のないことだった。どう考えても逃れることなどできない。どうしようか。彼らにこれまでの経緯《いきさつ》を詳しく話し、頼まれてやったことだと素直に言い切るか。そもそもぼくが彼女の誘惑に負けたということだけだ。それだと彼女だけが責められることになる。そのことで彼女はどういう態度に出るか。彼女の性格からしてうまく運ぶとは思えないが、その場合、彼女一人を残して帰れるか。それはおかしい。元はといえばおまえが彼女に気があったからではないのか。いや、ぼくなんかに小説を読む女は似合わない。えっ！　おまえだってダビデやゴヤ、あるいはその類《たぐい》の絵に魅入ったり、それだけでなくてロシア作家の分厚い本を隠れて読んでいるのを俺が知らないとでも思っているのか。なのに本を読む女は好きではないのか？　嫌いか。ほんとか？　では助けを乞《こ》えばいい。やはり出来ない……。もしかして彼女を好きになっているのかもしれない、そうかもしれない……。だが、彼女のほうはどうなんだ……。分からない……。いろんな考えが頭のなかを駆けめぐる。深みに嵌まったぼくはどうしたらいいのか分からないまま歩いていた。ときおりぼくの腕を掴む彼女が心配そうに見つめてくる。それをぼくと彼女を取り囲んで歩くN校生たちがニヤニヤしながら盗み見る。

歩きながらぼくは辺りを見回した。

ギンネム林や墓が点在する細道を歩いている。

歩くのが遅れると小突かれ、前へのめったりする。

やがて、ぼくたちはN高校からそれほど遠くないチガヤの原野まで来ていた。

近くに畑小屋があり、屋根にたくさんのカラスがごろごろつぶやくような声を発しては跳ねている。その小屋の側に、若木のキャンギ（槇）が数本、等間隔に伸びている。

こんなときにどうしたのか、いつか父と一緒にキャンギを使って建てたという家の新築祝いへ招かれたことが思い出された。まだ、父の折檻《せっかん》や暴力がそれほど酷《ひど》いものではなかったころのことだった。父はぼくを柱に触れさせ、これだと台風がきてもびくともしないし、百年は持ち堪《こた》える、と話していた。帰り道、福木よりもあんな立派な木で家を建てたいものだと呟《つぶ》いていた。そのキャンギの実の尻に濃緑の固い種がついている。彼女の屋敷裏の石垣添いにも植えられていて、子どものころから、その木の実を食べていた。やわらかい果肉に丸いちいさな種子がくっついているので、食べたあと、それを二つ三つゴムかんに挟み散弾にして遊んでいた。そんなこともあって、スズメやピーサー、それにカラスまでも撃ち落とせるようになっていったのだった。

N高校生の二人がぼくをキャンギのところへ連れて行くと、いっせいに飛び立ったカラスが喧《やかま》しく鳴いて頭上を飛び交った。他の者が、近くのギンネムを覆っている蔓草を力任せに引きちぎって来てぼくの両手首を縛りつける。広げた腕に力を込めてもがいたが、手首に蔓が食い込むばかりで、畑小屋の壁を見つめたままだった。そのとき、草を踏む足音がして、ぬっと伸びでた手が木の幹にふれ、くるっと身を回すと、間近に顔が迫る。兄さんと対戦した剣道部の男だった。竹刀を立てた男は左の指先でぼくの顎《あご》を押し上げると、憎々しげに睨《にら》んだ。

「おい、おまえか、俺をやったのは」

「………」

「黙ってたんじゃ、分からんではないか。おまえと、Y高校の奴が仕組んだんだな。あいつはそんなことまでして、俺を倒したかったんか。卑怯《ひきょう》な奴め」

「兄さんに頼まれたわけではない……」

「嘘つくな！」

「ほんとです。ぼくが勝手にやったことです」

「では、あの女はどうだ」

「ぼくの話にのっただけです」

「ほう、そうか、一人でなあ。めでたい奴さおまえは。あいつらはデキてるんだぜ」

どちらも好意を寄せ合っているのは感じていたが、人指し指と中指の股から、抜き通した親指をうごかしながら喋る男の言葉は、ぼくを打ちのめすに充分すぎた。

「八連勝への、我が校剣道部のせっかくのチャンスを、おまえが潰してしまった。いや、それだけではない。俺さえ笑い物にした。それで、よくも試合を観にこれたな。いい度胸だ」男はニヤリとした。「おまえが木から落ちて、ゴムかんを見られたのは、こういうことになるのが決まっていたというものだ」

「ぼくたちをどうしようというんですか」

「ぼくたち？　そう、ぼくたちだよなあ。剣道部のあいつらがスケともども、存分に可愛がってやるサ」

「美智子は何も関係ない。ヤルならぼく一人にしてくれ！」

意外な言葉が口をついて出た。笑って竹刀を杖がわりに側を通り過ぎていく男の足音を背中で聞きながら、これまでとはまるで違った覚悟の変化に自分自身驚いていた。

ゴムかんさえあれば数人が相手でも、逃げ隠れしながら闘い、彼女を巻き込むことさえなかったものを。だが、今となってはどうにもならない。ポケットの石《たま》さえ取られてしまっている。撃ち落とした鳥を友だちへ見せるときのように、両手を広げ、首を垂れたぼくは、力なく手首を括られている。吐き出した唾が乾いた唇から垂れ下がったままだった。うなだれるぼくの目に映るものがある。壁の蓑《みの》の近くに刃を立てた鎌がある。微かに希望の灯がともる。それを何とか抜き取ろうと考えるものの、自由にならない手ではどうにもならず、括《くく》られた手先から気晴らしにもぎ取ったキャンギの種子を、親指と中指の腹で転ばしながら、もしかして兄さんが助けに来てくれるかもしれない、と期待をつなげていると、物音がする。目をやると、二匹の猫がわずかに芽を出した砂糖きび畑のなかへ駆けていった。そのとき、シュッという音がして身がのけ反った。背中へ何かが食い込み、激しい痛みが起きる。間を置かず、耳をかすった小石が向かいの壁に音を立て、足もとに転がった。ぼくのゴムかんから石《たま》が放たれている。彼女の叫びと男たちの興奮した声がする。強張らせた身体のまま息を止め、痛みを堪えていると、今度は、左の腰へ骨の砕ける激痛が走った。代わる代わる撃ってくるつもりだ。止めろ!! と大声で叫んだ。しかし空気を切り裂く音は止まない。手首のちかくで鋭い音がしたかと思うと、とびはねた石《たま》が額に当たる。ぼくは思わず頭を振り、大きな悲鳴を上げた。額からの血が、目の中へ入る。そのとき、低い雲の切れ目から陽が差し込み、目が眩んだ。的が外れたのか、壁板の隙間から抜けた石《たま》が小屋へ飛び込んだ。と、短い悲鳴が耳へ入った。

気のせいだと思いながらも、石《たま》を避けるため身体を揺すったそのとき、光の漏れた小屋に人影を見た。上体を斜めにきつく折り、小屋の中へ目を凝らす。兄さんだった。やはり来てくれたんだ。さあ、何よりも先にこの蔓を解き放ってくれ。ぱくぱく口を動かし助けを求める。ところがどうしたことか、隙間からの兄さんの目は、ぼくを飛び越えたところへ焦点を結んだまま動かない。いったいどうしたというんだ。声を張り上げて叫びたかった。すると兄さんの目がぼくへ向いた。目を飛び出さんばかりに訴える。と、ぼくの後頭部で鈍い音がして、頭の中を雷のような音と振動が爆発して、火のような大粒の涙が溢れた。ぼくは歯を食いしばりながら上目遣いで兄さんを睨んだ。彼女の叫びに身をよじり首を回すと、竹刀をついたあの男が薄笑いを浮かべ歩み寄って来た。「これでは見づらいだろう。あの女は高貴な方と同じ名前だってなあ。これから面白いものが始まるから……」男の言葉に、何やら暗いものが胸をよぎったとき、ブラウスの胸ぐらを力任せに引き裂く音がした。悲鳴を上げる彼女の口が押さえつけられる。ぼくは手首の痛みを堪え、ねじれ折れるほどに身体をよじった。さらに、ブラジャーがむしられ乳房があらわになる。激しく抵抗する彼女の乳房が左右にゆれる。二三人に手や足を大の字に抑えつけられた彼女の股ぐらへ手を伸ばした男が、パンティを引きずり下ろす。身をよじり、足を蹴り付ける彼女が、ありったけの力を振り絞り抵抗するが、どうにもならない。やがて男の一人が乱暴にスカートをめくり上げた。黒犬の毛並みの、彼女の下腹部のつやつやしたものが目に飛び込む。口の中がからからになって、激しい渇きを覚える。彼女の目が恐怖でおびえている。「どれどれ、じっくり見せてやる」と言うと、男は、左手の蔓草を解き、ぼくの左肩を竹刀の先で押す。右手を軸に回転させられ首筋の痛みを堪えて頭を持ち上げると、彼女へ視線を向けた。チガヤの上で仰向けになった素っ裸の彼女は、押さえつけられたまま、懸命にもがく。ぼくは右手首をこきざみに動かしながら、傍らの男を見た。男がまた、何かを話そうとして、顔をちかづけたとき、夕陽に照らされた男の瞳の中に、笑ったぼくの顔があった。

一瞬だった。

ぼくの中指の先から勢いよく弾かれた種子が、彼の眼球にめり込んだ。

男が悲鳴を上げ、顔を押さえ崩れる隙に、右手首へ全身からの力を込めて引き寄せ、壁の鎌へ手を伸ばして柄を掴む。とたん木が反り返って撥ねつけられる。痛みを堪え急いで蔓を断ち切ると、竹刀を奪い、彼女のところへ駆けた。突然の出来事にびっくりした男たちは、我に返り、彼女を抱き抱えたまま移動する。周囲を囲んだ三四人の男が、同時に跳びかかった。ぼくは左手の竹刀を振り回しては、叩き付ける。男たちが退くと、彼女を抱いた男へ向かって駆けた。怖けづいた男が、彼女の手を引き、逃げようとするその背中へ、鎌を投げつける。空を切り、回転した鎌は男の背中を逸れたものの、ふくらはぎへ刺さる。前へつんのめって転がった男の足から血が吹き出す。悲鳴を上げ、泣きわめく、男の足から鎌を抜き取ると、脇腹へ蹴りを食い込ませる。青ざめた彼女は起き上がると、抱きつく。ぼくは荒い息を吐き、裸の彼女を庇護するように抱きしめる。吹きだした風に、近くのギンネムがゆさぶられ、飛び散った血痕に染まった辺りのチガヤが波打ちはじめる。ぼくは傷だらけの獣のように力尽き、彼女へ崩れかかり、朦朧《もうろう》とした意識のなかにいた。とてもながい時間がながれたように思えたが、ふたたび我に返る。背後からの物音に振り向くと、目を押さえた男に、他の男たちが拾った竹刀で近づいてくる。呼吸こそ楽になったものの、筋肉が骨からたれさがってしまうけだるさにぼくは彼女を抱きしめたまま、彼らを見つめるだけで、どうにもならなかった。これ以上闘うことなど到底できない。追い込まれ絶体絶命の状態に陥っていた。ふたたび強い風が吹き、暗くなった空に閃光がはしった、そのとき、あることがひらめき、かすれた言葉が口を突いて出た。

「今日の……審判長の警察は……彼女のお父さんだゾ」

とたん、男たちはたちまち血の気のない顔になって後ずさり、おたがいに恐ろしそうに視線を交わしたりしていたが、ワッとくろい塊がはじけるように、降りだした雨のなか、あたふたと姿をくらませていった。

裸のままぼくの胸の中で小さくうずくまって、ぼくを見上げるように見つめていた彼女は、這いずり、服を掻き寄せると着けはじめる。しばらく経《た》って、兄さんが足を引きずりながら姿を現し、彼女にどうもなかったかなどと優しく声をかける。彼女に対する甘い口調がぼくには白々しく聞こえた。ぼくは何も言わず、小屋の辺りへ視線を向けた。兄さんが彼女のそばへ寄り、身体へ手を回そうとしたそのとき、彼女が兄さんの顔へ激しいビンタを打ちつけた。まるで竹刀の弾ける音だった。彼女の射抜く目が兄さんを睨んだ。彼女は激しい口調で兄さんを罵る。彼女は、兄さんが男たちへ気づかれないように小屋へ入るのを、誰よりも早く見ていて、助けに来るのを、今か、今かと、焦れていたという。

土砂降りを思わせた雨は弱々しいものとなって降っていた。

びっこの足を引きずり未練がましく振り返っては歩いていく兄さんと、逃げて行ったN高校剣道部の男たちが、濡れそぼって見すぼらしいピーサーの姿のようにぼくのなかで重なっていた。

チガヤに放り出されたゴムかんを拾い上げ、暗がりの道を歩いた。

忠魂碑のちかくまでくると、もう少し待って帰ることにしようと話した。彼女は頷いた。墓の暗がりで彼女が涙でつまった声で何か言いかけたが、風にかき消された。それからぼくたちは坂を下り、カラスのねぐらであるエノキの大樹を見上げながら、父に迫って交わりだしたビンコーヤー（空き瓶買い人）おばさんのトタン葺き家を通り過ぎ、歩いた。歩くたびに、撃たれた背中や頭の痛みを堪えなければならなかった。途中、教会敷地の庭園があり、盛り上がってちいさな丘になったところに、白い聖母像が闇の中で浮き上がっているのが目に映った。ぼくは立ち止まったままぼんやりとそれを眺めていた。雨が、聖母や、聖母の前にぬかずく色合いの違った像へやわらかく降り注いでいるように見えた。

そのまま家へは帰れなかった。

人目につかない暗がりを無言のままただ歩いていた。

ぼくは彼女と出会ってからの数ヵ月が、経験したことのないとても長い年月のように思えた。

それくらい瞬く間に歳をとった気さえする。

ぼくへ向いた彼女が話し掛けた。「あんた、どうして、わたしのお父さんが、警察官だと知っていたの?」彼女の話を聞きながら、ぼくは後頭部へ手を触れた。固くなった血でくっついた髪のあいだの傷口はまだ開いている。耳の奥から、教官の号令に合わせてみんなとグランドを走る規則正しい足音が聴こえてくる。話していいものかどうか、躊躇《ためら》いを覚えつつ、彼女の横顔を眺めたあと、深く息を吸い込むと、ぼくは口を開いた。「実は……中学校に入って間もないころ、少年院にいたことがあるんだ……。それでたまに顔を見せる、君のお父さんを……」

彼女は身を強張らせて立ち止まった。

家を出ていったぼくの父は一年後に戻ってきていた。

それは、二人の住処《すみか》を探し当てたぼくが、垣根の影からランプの明かりで縫物をしている女の後ろ首のみぞをゴムかんで撃ち、それが原因で数日後に死んでしまっていたからだった。脅すつもりでやったことだった。だがぼくに殺意があったのを父は知っていた。ところがぼくのこれまでの行動から疑いを持ちはじめた警察官が沈黙を守るぼくへ暴力を振るい白状させると、有無を言わさず施設へ放り込む手続きをとったのだった……。ぼくは未だに心の奥深くに巣くっていて突如として重苦しく首をもたげてくる鋭い悲しみを、なるべく感情を込めずに話し続けた。「そんなことが……」驚きと哀れみのまじった表情を浮かべぼくを見る。ぼくのシャツを着て、裾《すそ》をスカートの前に結んだ彼女の姿がどうにもおかしくて笑顔をみせたが、すぐに引っ込めた。ぼくたちはゆるやかな坂道を、人目に付かないように、それも街灯のないところを選んでは、右へ、左へと、曲がったりしながら、とおくの海へ向かってことさら歩調をゆるめて歩いていた。

さらに風が吹き出しはじめ、雨は止んでいた。

「わたしが教会へ通っていた、ということを、あんたにあのことを頼んだ夜に話したことがあったでしょう」彼女の言葉に頷いた。「わたしのお母さん、教会の神父に恋をして……。そのことをお父さんが問題にしたの。職務上の権限を使ってね。ところがお母さんその神父の子を身籠もっていて……。それで繊細すぎるお母さんは神経を患ってしまい……睡眠薬で自殺を……」いくぶん緊張した面持ちの彼女はぼくを見つめながら重く沈んだ口調で話をつづけた。「そんなことがあって塞ぎがちだったわたしのためにお父さんは、母の従姉妹である婆さんのところ、つまり此処《ここ》へ連れて来たというわけ。婆さんとは一度しか会ってなかったけど、小さいころからわたしはお婆さんのことを、台湾婆さん、と呼んでいたの。台湾へ女中奉公へ行ってたらしいのね。あんたたちの狙っていたマンゴーは好きだった方の思い出に種を柳行李に詰め込んで来たということをお母さんがよく話していたわ。あ、そうそう、わたしのお父さん、沖縄の人ではないの」

「君を、初めて見たときから、そのことはなんとなく……」何とか、彼女の話に言葉を繋ぎながら、先ほどの教会敷地での、聖母像やその前でぬかずくいくらか古びた像が再びぼくのなかで浮かび上がっていた。あれは少年院へ送られる前のことで、頼るべく親戚もなく独りぼっちになったぼくが撃ち落としたカラスを豚にやる酒粕《かすざい》で煮込み、食べていたころのことだった。教会の中庭のガジュマルの根もとでぼろ着に身をまるめながら、いったいぼくの一族は何処《どこ》から来たのだろうか……先祖は石城山《イシスクヤマ》という岩山を守っていたと話していたが、父は近親相姦の子だったとも聞かされていて、余所《よそ》の家のように墓や仏壇や位牌も無い。そんなことを考え空腹と闘いうずくまっていた。近くで、僧衣の神父が腕時計を見ては、辞書をめくりながら何やら呟《つぶや》いては行ったり来たりしている。ときおり眼鏡の端からぼくを見ていた細身の神父は、十字架の塔の鐘を鳴らし終えると、歩いてきて立ち止まった。神父はぼくを見下ろしたあと屈んだ。そのときどういうわけかぼくの目から涙が溢れ頰をつたった。神父はぼくの肩を両手で包んだ。それから神父の後について聖堂へ向かい、告解のように神父へこれまでのことを話した。神父はぼくの頭へ手を差し伸べ優しい言葉を述べたあと、脱脂粉乳やチキンの缶詰に服を与えた。学校を休んでいたぼくはその日から、毎日教会へ通い、大人たちにまじって何時間か話を聞き、そして食べ物を貰う。しばらく食い物の心配をせずに暮らせることに感謝した。ぼくは神父に会うと直ぐさま、指先で胸に十字を切るのを怠らなかった。神父は羊の目で微笑む。それに気をよくしたぼくは神父の目を盗み、教会の倉庫から持ち出した缶詰やお菓子を友だちへ捌《さば》き、幾ばくかの金を受け取る。初めのうちはそれでよかったが、友だちは自分たちへも分け前をと詰め寄った。鍵は神父が持っていて、月に一度の搬入のときに神父の言いつけどおり物品を出していることを話し、そのときしか数は誤魔化せないのを告げる。それでクリスマスの近づいたある日盗みを実行に移したがあえなく失敗に終わった。ぼくによる密告だった。が、悟られることはなかった。もともと彼らに食い物が無くなることはない。ぼくは彼らを寄せつけたくなかった。ところが新しい神父がやって来た。その神父へは哀れみを乞う眼差しはまったく通じなかった。頭にきたぼくは、彼らをそそのかすと倉庫から大量の缶詰を盗み、おまけに、あの聖母像を丸太ん棒で背後からぶっつけ、首をへし折ったのだった……。ぼくは雰囲気をやわらげるように努めて軽い口調でこれまでのことを彼女へ話した。

「そう、そんなことがあったの……ところで、わたしのさっきの話ね、それで終わりではなくってよ。あの……お母さんが死んだことだけど、お父さんも知らないことが……」彼女の目が妖しく曇った。「それは、わたしがその神父と関わっていたことなの……わたしがお母さんを出し抜いていたというわけ。どう？」話しおえると彼女は不意に甲高い震えを帯びた笑い声を上げた。

茫然として彼女の顔を見つめていると、あの夜、彼女の机の上で見た写真がよみがえった。脂ぎった赤ら顔でたるんだ顎に髭をたくわえた神父を挟んで母親と彼女が写っていた。母親は肩先を離し横へ傾き加減でどこか遠慮がちだったが、彼女は神父の胸のあたりへ頭を付け、満ち足りた笑顔で、さり気なく右手を神父の指へ絡ませていた。ぼくは渇いた唇を舌先で潤《うるお》しながらも、しかし頭を埋め尽くしてあるのは、兄さんと彼女がデキていると言っていた、あのときの男の歪んだ笑い顔と、あの、指の動きだった。これまでの二人からして充分に考えられることではあるが、ぼくにはどうしても信じることが出来なかった。と、いうより信じたくなかった。彼女が兄さんをわざと捻挫させたと思われる木の下の幾つかのまるい窪みが甦ってくる。

重苦しい淀んだ空気を払うように首を振り、躊躇いがちに聞いた。

「おまえ、いつから兄さんとそんなふうに……」

「あら、どうしてこんなこと聞くのよ！　わたし、あいつのことも好きだったけど、あんたも好きなの、悪い？」

戸惑いながら苛立たしげに話す彼女の痛々しいこれまでのことや、自分のことなどを重ね合わせ、様々なことに思いを馳せて歩いているうち潮のにおいがしてきて、とうとう護岸まで来ていた。

上体に張りつくランニングシャツが腰のあたりでさわぎたてる。

濃い海草のにおいが鼻をつく。

ぼくは彼女から目を逸らして胸もとくらいの高さの護岸から海を見た。

海から吹いてくる強い風にひるがえる彼女の髪が荒々しくぼくの頬を打ちつけてくる。湾曲してとおく西の方まで伸びていく人気のない護岸線に目をやった。大潮なのか遠浅で白砂の上を小さな波がぶつかりあってきらめいている。心の動揺を抑え込もうとしている彼女へ顔を見合わせるとようやく口を開き、サバニを繋いでいるところから海へ下りた。

星明りにくるぶしあたりまでの浅瀬がどこまでもつづく。まるで草原のなかを歩いているようだった。目を瞑《つむ》ると、手を繋いで海の中を飛沫をあげながら懸命に駆けていくぼくと彼女の姿があった。髪をひとつに束ねていて表情のやわらいだ彼女へ笑みを向け、突然走り出すと彼女も後からついた。額や耳、頭や背中に潮水がしみたが、かえって心地よかった。飛沫が白い泡となってぼくたちの後にのこる。懸命に走って息切れて倒れると重なり、裸になってからみあい、激しく求めあった。雲ひとつない夜空のたくさんの星々が風に磨きかけられ輝きを増し瞬いている。梅雨明けまぢかのはげしい風がぼくと彼女の心を癒《いや》す。ぼくたちは言葉を交わすことなくいつまでも宙にたゆたう。やがて風はゆるやかなものとなり、波の音の移ろいとともに浅瀬も少しずつ満ちてくる。発光して浮遊する透明なクラゲのようにぼくと彼女は波間に漂う。そのとき、身体のなかをナイフで切り付けられたような赤い閃光が疾った。何かがぼくのなかを底に向かって沈んでいく。ぼくは突如自分にからみついた重いねばっこい抑制できないものを抑制しようとあがく。刻一刻と気泡のようにわきあがるものがある。あの夢の男、巨《おお》きなダビデが、ぼくの身体から抜け出ようとしてもがく。

砂を鷲掴《わしづか》みにした拳《こぶし》がふるえる。あれほど輝いていた彼女だがいつの間にかぼくのなかで変化がおきている。冬の寒さに、燃える真紅の、デイゴの花を待つように、ぼくはこれまで自分でも分からないものを待ちつづけていたことに気づかされる。しかもそれはなにか特別の形をともなってやってくるであろうという予感だった。あの日、ぼくの前に現れた彼女がそうだったのかもしれない。彼女はぼくの心を激しく揺り動かし周りを取り巻く空気を一変させた。まさに流星のごとく飛び込んできて、これまで味わったことのない感情にぼくを浸らせた。固く閉ざした殻が破れていくようだった。どんな代償を払ってもあまりあるその彼女が今では何ら接触を持つ気のない何かになっている。ぼくは大きく震える息をつき、静かに立ち上がると、昇りはじめた月の明かりのなかを裸のまま歩き回る青い幻影のような彼女をしばらく見ていた。あの時、彼女は、兄さんが助けに来てくれなかったことで自尊心をずたずたに切り裂かれたに違いない。ぼくからすれば兄さんに勇気が無かっただけだということになるが、彼女はぼくではなく、兄さんに劇的なものを期待していたことになる。ぼくのなかでうちひしがれた彼女が瞬く間に形のないものにくずれていく。そして、彼女の話していた兄さんのことや神父のことがふたたび甦ってくると、どす黒いものがながれた。ぼくも、神父や兄さんと同じように彼女の身体を犬の長い舌先でなめまくっただけだというのか。いくら似た者どうしとはいえ、それはまるで違った次元でのことで、彼女は薄汚れて、どこか病んだ異質のものにさえ見えてくる。彼女は自分の中にもう一人の自分を隠している生き物ではないか。うまく弄《もてあそ》ばれている。共有するものは悲しみしかないぼくと彼女だからもうこれ以上与えるものはない。ぼくと同い年でこうも男の心を操《あやつ》る彼女はどういう女だろうか。出来ることなら、彼女の胸もとを切り裂いて、心の奥底を覗いて見たい思いがする。打ちのめされたぼくはしだいに裏切られたような気持ちになっていき、突然、激しい憎悪が煮えたぎるのを覚えた。思わず力のこもった両足の爪先が砂にめり込む。と、右足の親指に珊瑚《さんご》のかけらの感触があった。そのとき、ぼくのなかのダビデが屈み込み、左肩からの、皮の投石器に石を嵌める。

ぼくは青いちらちらする彼女の首筋を見つめると、ポケットのゴムかんに触れていた。

猋風《ひょうふう》

　歩きだしたオジィの自転車のところで立ち止まり、タバコに火を点《つ》け一息吸い込むと、今し方歩いてきたところを見上げる。岩盤の落差がありそこから落ち込んでいる。これは遠く空港近くからの断層がのびていて、さらに西へとつづいていく。壁面を削って造った古墓の手前には亀甲墓に破風墓や大和《ヤマトゥ》のタッチュー墓がある。かつてここいらに家などなかった。畑向かい、道の西側にモダンで大きなコンクリート建て二階が在《あ》り、北側は十数年前に空港からのバイパスが完成したため道沿いに家が建ちはじめた。塀沿いには屋上にまるいステンレス製タンクの光る古びたアパートが在り、建物の隙間から山並みが見える。

　この盆地のようなところ、墓場であったかもしれない、ハブさえ這いだしてきそうな畑をあらためて眺める。ところが、想像とは裏腹に新鮮な土の匂いがしてくる。小石の浮きでた畑には、芋やゴーヤー、キャベツ、それに改良種の小さな冬瓜《スブル》などが植えられている。道端に吸いさしのタバコを落とすと、靴底で踏みつぶし、畦道《あぜみち》を畑へと入って行く。

犬が吠え立てる。

畑の中央には、うむまぁ木が珍しいくらいゆったりした枝を四方に広げていて、いくらか離れたところにトタンを被せた小屋が二つ在って、そこに、犬や鶏がいる。オジィの後からうむまぁ木のところまで行き、見上げる。これまで見たうちでは一番大きく葉の間から実がのぞく。落下したこのカブトガニに似た実を石で割ると、落花生《ジーマミ》の味がする細長い種がある。近くに物置を兼ねた畑小屋がある。喧《やかま》しく啼《な》く犬にオジィが鍋からの残飯を与えると静かになる。八百坪くらいの矩形《くけい》の畑の周りを歩き回った後、古材を使って建ててあるトタン葺きの小屋を覗いた。四坪くらいの板の間に花茣蓙《はなござ》が敷かれてあって、古びた冷蔵庫、テレビなどがある。それに土間の辺りには石油コンロもあり、どこからかのびてきている肌色のホースが口の広い甕に入っている。

「立派なところじゃないですか」

「アガイ、こんなもんがな」

「なかなかいいですよ、静かそうで。こんなところで泊まれるといいなあ」

「お前が気に入ったならいつでもいいよ。狂《ふ》りむん」オジィがわたしを見る。「ぼくはたまーにしか泊まらないよ……。お前は変わってがいる」

「オジィはどこに住んでいるんです？」

「教えん！」

喋るのが億劫だといわんばかりの訛《なま》りのある口調で話しかけては、タンクから水を汲み取り、犬小屋や鶏小屋を行ったり来たりしている。

翌日、畑小屋で仰向けになって文庫本を読んでいると、オジィが来て、「鶏が二羽やられた」と言う。起き上がって、何にやられたのかと訊《き》くと、犬だと答え「一度血の味を覚えた犬は始末しなければ……」とも付け加える。これは、鶏の死骸を犬の首にきつく括《くく》り、腐るまでそのままにしておくと、その強烈な臭いのため悪癖はなおることを話した。オジィははじめて聞いたことだと感心していたが試してみようという言葉は返ってこない。わたしにしても実際の経験はなく、いつかなにかの本で読んだ矯正の方法だった。

オジィがどこかへ行った後、鶏小屋に行ってみた。

しかし、鶏は片づけられたとしても、一滴の血痕すら見当たらなかった。

低く垂れ下がったうむまぁ木が日蔭をつくっているが蒸し暑い。口うるさい妻に干渉されることもなくごろ寝をする。こんなところに或る種の憧れを抱いていたのかも知れなかった。子どものころ木の上で板を敷いて暗くなるまで遊んだり、また中学になっては庭にこしらえた自分だけの夢のちいさな繭小屋《まゆごや》に閉じこもっていた。今のように独りで本をつくる仕事をしてからも泊まり込みをすることは度々あった。会社勤めのころは同僚の宿直さえ買って出て、一年間のうち三百日近くは会社で寝起きしていた。

とにかくどこかに籠もってはあれこれ物思いに耽《ふけ》るのが好きだった。ちょうど仕事に切れ目のできた五、六日をここで過ごそうと考え、着替えと本を詰めたバッグを抱え泊まることにしたのは、八月の初旬のことだった。

窓からうむまぁ木を眺めていて、学生のころ好きだった詩がふと浮かんでくるので思わず口ずさむ。

木としての器量はよくないが詩人みたいな木なんだ
というフレーズになんとなく共感するところがあって沖縄出身の詩人の作であるその詩を諳んじてはいたが、クバデーサーという名の木を、なぜ、うむまぁ木と呼び、風変わりな木といったのか、これが未《いま》だに分からないでいる。風にふわふわひるがえる卵形の広い葉裏にたくさんの黄金虫が陽を受け、緑の光をきらきら放つのを見てぼんやりしていると、犬の金網をひっかく音がするので外を見る。

オジィがリヤカーから堆肥《たいひ》を畑へ下ろしている。

オジィの帰ったあと、傾きかけていた陽が木の間から見えなくなりべとついた身体《からだ》を流そうとしたが、蛇口が見つからない。甕のホースをたどり外へ出ると、なんとそれは塀を越えている。水をアパート一階の住人から貰い受けているのが分かる。仕方なく溜《た》めてある甕からぬるりとする生ぬるい水で行水を済ませる。幸いなことにコンロは側にあるマッチを擦ると点火するので、薄暗くなった小屋でインスタント・ラーメンを食べる。一息つき、テレビのスイッチをひねってみる。ところが何の反応もない。もしやと冷蔵庫の扉を開ける。やはり電気が入ってない。しょうがないかと横になったがそれだと本も読めないことに改めて気づく。

うむまぁ木に住みつくフクロウの啼き声に、その木の花のことを思い出そうとするが思い出せないまま幹の上辺りの空洞を眺めていて、立ち上がると初めて訪れたときのように夜の畑を歩いてみる。

遠くからの明かりさえ眩しく感じられ、小屋が黒い塊《かたまり》に見える。切り立った岩盤の上から垂れる羊歯《しだ》の葉が微かにゆれる。近くの真新しい墓が浮き立っている。雲の切れ目から星が瞬いては覆われ、新たに現れる星々がさらに輝きを放つ。断崖を見上げていると、ときおり吹いてくる生温かい風は主のない古墓の口から吐き出されてくる気さえする。普段はなんともないのにときおり子どものときのような恐ろしさがよみがえる。歩いていて思わずよろける。抜け落ちた靴を拾い上げるため屈む。泥濘《ぬかるみ》がナメクジの這ったあとみたいにてらてら光っている。汚れた靴を指先に引っかけて道へ上がったあと、今度は塀沿いを、冬瓜《スプル》を眺めて歩く。うむまぁ木の下の小屋から伸びている長いホースが塀を這い上がっている。このホースだけが近くの家と繋がりのある唯一のものだ。ホースを右手で払い、くぐろうとすると突然、「あきらぁ、あきらぁ、まだあ、あきらぁ」と乾ききった喉《のど》から絞りだすような声がする。立ち止まったあと、歩きだそうとすると「早く持ってこいよぉ。待っているからねぇ」ふたたび低いしわがれ声がする。呼びかけているのだろうか？　あきらぁとはあのオジィのことかもしれない。もしかしてオジィだと思って声をかけているに違いない。歩き出すとホースがぶるっと揺さぶられたあと、「楽しみにしているからねぇ」という声が背中にねっとりはりつく。土塊《つちくれ》を踏む素足の表皮が頼りないくらい薄いものに感じられる。傾きかかった塀に沿って歩きながら投げかけられた言葉の意味を考えていた。冬瓜《スブル》を分けて欲しいとのことなのか、それとも鶏の卵のことなのだろうか、わたしにははっきりしないことだった。

寝不足のままうつらうつらしていると犬のじゃれ声がするので、首をもたげ、はずしてあった枕元の腕時計を見た。七時を過ぎている。起き出すと、ちぐはぐのゴムぞうりを履《は》き畑へでた。オジィが小屋の近くで堆肥を入れている。朝の光を受けた細い目でわたしを見るなり、ショベルを手に屈んだ姿勢で怒鳴る。一瞬怯んだが咄嗟《とっさ》に塀に掛かったホースを指さし、昨夜のことをオジィに話す。手を休めたオジィはニヤリと笑ったあと「生《ま》り島から友だちがグランドゴルフしに来るから、お前、今日は自分の家で泊まれなあ」と話しかける。「こんなところに長らくいるとおかしくなるかも分からんよ」

わたしの問いに応えず、一方的に喋るオジィに「どうして急に……」と訊《き》くと「酒場で飲んだら高あたいするから」と答える。わたしは返事をしなかった。せっかく慣れてきたところを不意打ちをくらったような気持ちになったからだ。黙ったままのわたしに「お前、テレビ観てないかあ。台風がくるらしいよ！」と声を荒らげる。

オジィの話に、ここ数日の情報欠落に気づく。台風なら自分の家や仕事場のこともある。半信半疑のまま空を見上げる。それらしき気配はない。むしろこれまでより空は青く晴れ渡っていて、墓場の辺りからの蝉《せみ》の鳴き声さえも一段と激しさを増してきている。しかしわたしはしぶしぶ同意することにして、バッグへ着替えや小間物を詰め、オジィに会釈をすると畑小屋を後にした。

わたしは畑小屋からの道すがら、おかしな気分になりハンカチで首筋の汗を拭いながら歩いた。雲さえない空からの陽射しにたちまちくらっとする。家までは距離があるのでひとまず仕事場へ寄ってからと考える。学校に差しかかると、野球のユニホームを着た子どもたちが、校門のところでたむろしている。坂道を下って、酒造所であった建物を通り過ぎ、むっとする仕事場へ入る。クーラーを入れたあと、郵便受けに窮屈そうに入ったいくつもの新聞を取り出し、天気の欄を読んでみるが、衛星からの写真ではそれといった雲の動きはない。新聞記事をめくっていて、正午になったのでリモコンでテレビのスイッチを押す。ニュースのあと熱帯低気圧が発生したことを告げる。オートバイの音がして遅れて届いた新聞を改めて読んでみるとその兆《きざ》しのあることを知る。オジィはラジオで知ったのだと考えた。しかしこの位置だと仮に台風となってここまで来るにしても四、五日はかかるはずだ。確かN島から友だちがグランドゴルフをしに来ると言っていたから、昼間畑に来れないことでわたしへの責任が持てないとでも考えたのだろうか。いずれにしても不可解なことではあった。

翌日、エッセイ集の表紙に使う旧家撮影のため、隣の産婦人科医院の屋上に上がったついでに近くの家並を眺めていたときだった。

遠くから自転車に乗った男が二匹の犬を連れこちらへ向かって来るのが見える。あのオジィのようだったので、望遠レンズに切替えファインダーから覗《のぞ》く。

紐《ひも》に繋いだ赤毛の中犬を二匹、右のハンドルに結んでいる。

こうしてときどき連れて帰るのだろうか。畑で初めての人に吠えるときの獰猛さはまるでない。それぞれオジィを見上げては嬉しそうに走る。

オジィは十字路に差し掛かると、左足を地面に付け、左右を見る。犬も立ち止まる。ふたたび自転車を漕ぎだす。いつもの大儀そうなオジィのペダル踏みだ。

ということはオジィの家はここから東のT町なのだろうか。窪んだ口もとに妙な懐かしさを覚えながらもカメラの向きを旧家の門の石積みへ移動しようとしたそのときだった。あ～まん（ヤドカリ）という看板の掛かった南側の民宿から突然、大型犬が飛び掛かる。オジィは自転車を止めようとする。ところがオジィの犬が左側へ逃《のが》れようと前輪と後輪の間からくぐり抜けたため、オジィは立てた足をとられ自転車もろとも横転した。ファインダーから目を外す。とたんにオジィを挟み二匹の犬が盛んに吠え立てている。ぴんと張った黒い犬からの紐は今にも切れそうだ。啼き声に現れた男が慌てて犬を引き寄せ杭《くい》に結んだあと、オジィを後ろから抱えようとするが、自力で立ち上がり、自転車を起こすと、荷台に括りつけたプラスチックのビール箱から転がったゴーヤーを拾ったあと、足を引きずり歩きだす。髪を後ろに束ねた男の奥さんと思われる女性も駆けつけ平謝りをするのを、頷《うなず》きながらオジィは犬を引き連れていく。

この一部始終を見ていて、わたしはなにやらいつかの自分のことを思い出していた。

テレビからの気象情報で、台風はフィリピン西近くをちょうどパソコンのマウスで描いた線のようにじぐざぐに進んでいる。

拡大した赤瓦屋根のどこをトリミングするか、長方形にくり抜いた厚紙を写真の上に被せ、少しずつ左右上下にずらしたりしていて、ふと外に目をやると、オジィがガラス戸の向こうで自転車を止めたままこちらを窺《うかが》っている。モザイク状のセロハンを貼ってあるので、外から中は見えない。左の足が脛《すね》まで石膏のギブスに包まれていて、かかと代わりの四角形のものまで張り付けられ、真新しい雨靴を履いているようにも見える。それにその足をスーパーからのビニール袋に入れてくくっている。わたしが戸を開けずにそのままいるとオジィは自転車を漕いでいった。引続き、枠の中の写真を眺めていたが、どうにもオジィのことが気になってしょうがないので、バイクに乗ると畑へと向かった。

ちょうどオジィは着いたばかりで自転車を近くの家のブロック塀へもたせかけている。スタンドを立ててやり、積んである鍋のゴムひもをほどくと、犬小屋へ運ぶ。金網の前に古戸を横に倒してあるので、三十センチに満たない天井との隙間から犬たちが前肢《まえあし》を掛け、立った姿勢で見ている。その姿勢といい、横一列に並んだ赤毛の顔といい、異様なものが感じられる。餌入れへ残飯をこぼすと同時にガツガツ競いながら食べはじめる。

わたしは知らずに犬を数えていた。確か六匹いた犬のうち一匹がいない。それも身体のしまったものが見当たらない。

振り向きオジィを睨《にら》んだ。

「狂《ふ》りむん！」タンクに右手をもたせて喋る。「ここの犬《インナー》はいつの間にか知らんうちに逃げるんだよ。たまーには戻ってくるときもあるが。だいたいはそのままさあ。恩義《ブンギ》分からんイキムシ（生き物）はしょうがないさぁ」

「いや、犬ならほとんど帰って来ますよ！」

「アイ、そうかも分からんが、ここのインナーはぼくが養ってるから」

オジィは大きな声で笑い、太い根っこの木口辺りをゆっくりと越えて、片足でぴょんぴょん跳んだあと、小屋にあったのか古びて折れそうな松葉杖を脇に挟み畑を歩きだす。

タバコが切れていたので近くのコンビニまで行くことにして、轍《わだち》跡のくねる道へ上がる。歩きながらオジィと関わるようになったことを振り返ってみる。

あれは、紅型《びんがた》の衣装に赤のきらびやかな金襴緞子《きんらんどんす》をまとい子や孫に曾孫玄孫《ひまごやしゃご》と百人ちかい親族を従え、風車を手に子どものような笑顔をした九十七歳のお婆さんのカジマヤー祝いのパレードとすれ違いになったあと、仕事場の前に停めた車から出ようとドアを開けたときのことだった。

バーンと音がして、自転車のオジィが転倒。びっくりしたわたしは車から飛び出す。抱き起こそうとすると左手で制する。肩を打ち付けたのか唸っている。救急車を呼ぶため慌てて走り出す。と、オジィが「アガイ、赤、ピーピーは来させるな！」大声を張り上げる。引き返したものの途方に暮れていると、起き上がり、路上に散らばった出汁《だし》がらや骨を掻き集め、へこんだアルミ鍋に入れ、蓋《ふた》を被せ、荷台にゴム紐できつく巻付けると、ぎこちなく自転車に乗って去って行ったのだった。

それから二週間くらい経ったある昼下がりのこと、タバコを吸いながらガラス戸越しに通りを走る車を眺めていると、突然オジィの顔が現れる。帽子をとり、笑みを投げかける。ところが、ドアの把っ手を握ったまま黙って突っ立っている。

「オジサン……」戸惑いながら語りかける。「どうもなかったですか？　怪我はなかったですか？」

「アイ、どうもないということはないいさ。あの後、痛くなるもんだから、病院に行ってたさ」

はだけた襟《えり》をずらし絆創膏《ばんそうこう》の貼られた右肩を見せる。

「だから、ぼくに金払えなあ。一日七千円の日当で計算してからに、だあ二週間だから、えっと、九万八千にがなるか？　これをば分かりやすく十万円にして……」

カーキ色の作業服のオジィは把っ手に手を掛けたまま、ソファーから背を離し吸ってたタバコを灰皿に置くわたしを、見下ろす。黙ったわたしの胸の内を推し量るようにじっと見つめては目玉を動かす太りぎみのオジィは、いつの間にか半身を中へ入れている。あのとき、わたしが何とも感じなかったとすれば嘘になる。しかし、禿げた前頭部の薄い髪が風にふわふわしていて、前歯の無い口をもごもごさせながら喋るオジィにどういうことか笑ってしまっていた。オジィはわたしの反応を見て悟ったのか、「はーっさ、ここの本よ。こんなに本ばっかり読んでいたら狂《ふ》りむんにがなるさいが」笑いながら出て行き、自転車に跨るとペダルを漕ぎガラス戸の枠から見えなくなっていった。

わたしはため息をつきながらオジィの雨靴の底から落ちた土に目を落とすと、指先に摘まみ、親指と人指し指の腹で捩じった。

三日後、ふたたびオジィは顔を見せる。

「だあ、この前の話、どうなったか？」

入って来るなり、躊躇《ためら》いもなく話しかける。

「病院からの診断書と領収証をばもってくるかあ」

「その必要はありません……」

首を傾げ、話しかけようとするオジィを尻目に、パソコンの傍《そば》に立ててある本の間から抜き出した銀行の封筒に入った金をそのまま手渡した。

「アイ、お前は話が分かる！」

オジィは舌先に親指を付け真新しい紙幣を数えると、わたしからの言葉を待っているかのように、これまでと違った表情になる。

「なにか言いたいことあるか？」

「いいえ、昨日ちょっとした金が入りましたので……」話しかけながら、初めてのときのように頭の頂《いただき》から靴先へ視線を下ろした。

これにオジィの目つきが違った。

「お前は、人をばＭ鹿にがしているか？」と言うなり、右手首をむずっと掴む。声が出そうになるのを堪《こら》える。ごっつい腕からのびた前腕はわたしのものとはいかにも対照的だ。ごわごわした汚れた指に力がこもる。わたしは勘違いをしているオジィを見つめ唾を呑み込むと、「農業は楽しいですか？」と問いかけた。

　きょとんとしたオジィはたちまち手をゆるめる。

「……お前は、やっぱし、狂りてがいる。楽しいですかあとな？　アイ、毎日の事に楽しいも何もないさ。食っていかんとどんなにがする。あーっさ、まったくわけの分からん人さいが。まず、お前は、なにをば考えてる」

「オジサン、畑に連れていって貰えないですか」

　汗と獣《けもの》の臭いからとっさに連想してすかさず応えるわたしに呆れ顔になり、胸ポケットに金の入った封筒をねじ込むと、咳払いをして出たが、自転車を漕ぎだす様子が無いので、ドアの内鍵をひねり、クーラーのスイッチを切ると、素早く通りへ出た。

　オジィはちらっと目を向けると、ハンドルを握りまるっこい身体で背筋を伸ばしペダルをゆっくり踏みはじめる。オジィの後から歩き出す。酒の匂いの染みついた建物を右に曲がって行くと、長い坂道に差しかかる。オジィは自転車から下り、自転車を引きずるようにして歩く。後ろ姿からして、七十を過ぎているのが分かる。やがて学校の塀の内側から枝をのばすデイゴの木を見上げながら左へ折れ、しばらく歩いたあと、以前は村境《むらざかい》だった墓の散在する細くて急な下りになったところで、自転車を止め、ひょいと荷台を持ち上げスタンドを立てると、わたしへ振り返った。

あのとき、金を払わなかったならどういう態度をとったのだろうか。脅しをかけたか。

それでも取り合わないならいかがわしい者たちを引き連れてきたのか。考えられないこともないが、ここでのわたしへの対応からして、あるいは金など請求するつもりはなかったのではなかろうか。などと考えをめぐらしながらもわたし自身が知らずにオジィへある種の好意を抱きはじめているのを感じ可笑しくもなる。


わたしは畑小屋に泊まることにした。

別段、許可をもらうほどのこともあるまいと強気になった。

タバコを買ったあと、コンビニ裏の路地を歩いてみる。

あの、ホースをくぐったときの、ねっとりした声が耳にこびりついている。

灰色のアパートがある。

南からの窓の並びばかりを見ていたので表面《おもてづら》を見ると違った感じがしないでもない。オジィの鍬先《くわさき》に石の砕ける音が聴こえてくる。西端っこの部屋に見当をつけながら階段横のドアへ目を向けたとき、あれっ、としたが目を伏せた。いつかのオバァが出てきて、荷台に白い箱を乗せたオートバイにまたがると、マフラーから青い煙をまき、路上の空き缶を巧みなハンドルさばきで避けて東へ向かって行く。一階へ魚を売りに来たのだろうか……。しばらく若夏アパートとあるペンキの剥がれかかった人気のない建物を眺めては辺りを歩き、畑へ着くと、ついでに求めたオジィの吸っているハイトーンを手渡した。

「どこにが行ったかと思えば、タバコをば買いにか」

足のことを気にする様子もなく、わたしからのタバコを旨そうに吸いはじめ、「お前もぼくみたいにこんな郷土の安いものを吸えばいいのに」とつぶやく。

わたしは一息吸ったあとオジィへ訊《き》いた。

「あの、水を貰っているホースのところ。この前も話した、だれか婆さんがいるようで、気になるんですが……」

とたん、オジィは煙を乱暴に吐き出し顔を顰《しか》める。

「アンタはまず、なんでが、自分に関係ない者にいちいち関心持つかぁ」

声が一段と高くなる。

「アガヤー、どこにでもいる老人の独り暮らしさ、お前に関係ない！」

気になっていたオートバイの、魚の、あのオバァをアパートで見かけたことなども話そうかと考えていたが、オジィの言葉に気押《けお》され言葉を呑み込んでいた。

わたしがオジィに金のことで易々《やすやす》と応じたのには、実は昨年のオバァとのことがある。

あのときも車から下りようとしてドアを開けたところ、オートバイと接触した。ハンドルのつけ根を掠めたようだったが、オバァはオートバイもろとも転倒して数メートル先へ滑った。荷台の発砲スチロール箱がはじけるように宙に舞い上がり、鰹《かつお》数匹が路面にくるくるっと回転する。しばらくうつむいていたオバァははっとして恥ずかしそうに立ち上がると、魚を拾い、逃げるように去っていった。

わたしは呆気《あっけ》にとられた。

その後沿道の人からオバァの家を聞き訪ねた。

そこは、明治の中ごろ、沖縄本島の糸満からやって来た漁師《ウミンチュ》たちの集落で、女性をめぐっての殺傷事件やこまごまとしたトラブルの絶えないところだった。

開きっぱなしの玄関からなん度も声をかけるが出てこない。

テレビの高い音量が玄関までハッキリ聴こえてくるのに反応はない。二度目に行ったとき、近くに嫁《とつ》いだ娘なのか、わたしより年下の濃い口紅の女がいて応対してくれる。その女《ひと》によると、毎日オートバイで刺身屋やこれまでのお得意さんを回っているらしかった。保険金申請手続きのことを話していると、ちょうどそのオバァが帰って来たが、わたしを見ると避けるようにして奥へ入ったきり出てこない。車の修理代を取りに来たのだと勘違いしているらしかった。男っ気のない部屋を覗き、上《あ》がり框《がまち》に腰を下ろすと理由を話し、書類に印鑑を貰おうとしてもなかなか取り合わない。それにブラジャーをしてないのか、身体を動かす度にまぢかで胸がゆっさゆっさして目のやりばにこまる。オートバイには二度と乗らないようにと、オバァはきつく戒められる。たびたび接触事故を起こしているのに懲りない、ということだった。保険代理店へ出向いたあと、嫌がるオバァを無理やり病院まで連れて行って診《み》てもらい、書類には一週間仕事を休んだことにして保険金と合わせ三十万を渡したところ、ぽかんとしたあと、こんなことは初めてだと言い受け取ってはいたが、娘なのか、妹なのか、とにかくその女の人はいたく恐縮していた。

胸の大きなまだ艶《なま》めかしさの残るそのオバァは確かオジィより若かった。こんなことから十万なら煩《わずら》わしいことをはぶいて渡してもいいと考えたのだった。

そんなこともあってか、塀向こうのことが気になってしょうがない。

昼間、だいぶ減ってきた堆肥をオジィと一緒に畑へ入れていて、オジィに気づかれないように塀沿いのゴーヤーの辺りにいるとあのときのオバァのオートバイの音がして、話し声が微かに聴こえた。

それからのわたしはオジィがいなくなるのを待ちきれないでいた。

ようやくオジィが帰り暗くなるのを待って、塀に近づく。

担いできた古材を塀へ掛け、意を決すると、こっそり這い上がる。煮炊きのきつい臭いに混じって、つるんとしたすえたような臭いがする。ところが住人は見当たらない。ホースの口は外の蛇口に絡まっていて、塀沿いのアロエとの間に楕円形のものや尖ったものがたくさん積み上げられている。アルミサッシの引き戸から塀まで三メートルくらいある空間には苦菜《にがな》らしきものが植えられている。それに引き戸からの明かりは無くてよれよれのカーテンが閉められているが、いくらか隙間がある。塀に沿って下りることにして、腕をすこしずつゆるめながら着地しようと縁へ掛けた手を離す。すると、アロエの刺に傷つけられた足がさらにぽくぽくめり込んでいって尻餅をつく。咄嗟《とっさ》に後ろを振り向いたあと、足もとを払うと、忍び足で戸の隙間から中を覗く。暗くて見えない。が、やがて目が慣れてくると、台所の半窓から射し込む外灯の青白い光にまわりのものが浮かび上がってくる。斜め向きの老婆が板の間の円卓で頬張《ほおば》っている。目を凝らす。箸《はし》を使わず両手で掴んでしゃぶりついている。それも大きなものを。ふうふう息を吸い、ちゅちゅと吸い込むように口を鳴らし、もぐもぐしては、はあはあ肩で息を吐き、ときおり咳き込み、ばさばさの髪を振っては指先でほじくりなん度もしゃぶりつく。大きな鍋に頭のかたちをしたものがある。ぞくっとした寒気に震えがはしる。そのとき、ゴキブリの触覚が足に触れ、ヒッとして思わず片足を上げたとき、右手に力がこもり戸を揺らした。突然、老婆が首を振る。うつけた薄ら笑いの汚れた口もとの顔から白目がぬろっと動いたあと、「あきらぁかぁ。入れぇ」と、低く抑えた声を喉から洩らしたとたん、口端からするっと落ちたものがぬらぬらぬらっところがる。はっきりとはしないが、それは目玉のようだった。

　たちまち全身の皮膚が粟だち、じっと俯《うつむ》いたままだった。

しずかに息を吸い込みながらも息苦しくなってくる。わたしは塀の外で、思い切り新鮮な空気を吸いたくてたまらなかった。やがて意味の分からない老婆の木枯《こが》らしのようなかぼそい声がすると、ドアの開く音がして、魚の、あのオバァが入って来る。サッシの引き戸から手を離し、後ずさろうとしたとき、咳払いがしてオジィが入って来た。

　二人の訪問が嬉しいのか老婆の薄い唇がにんまりと横に広がる。

なんとかして小屋へ戻ったわたしだったがなかなか寝つけず、フクロウの啼き声になん度も寝返りを打った。

　心のすき間へ灰色の風が忍び入る。

　これまであまり気にもしなかったが、よくよく考えれば腑《ふ》に落ちないものがある。たまたまオジィに怪我を負わせたことからオジィとわたしとのことが始まるが、その前のことがある。考えようによってはこのほうが、魚のオバァとのことが、事の始まりなのかもしれない。もしかしてオートバイ接触事故のあの日、いつも仕事場の前を通るオジィがそのことを見ていたとすれば……。そしてオジィがなにかオバァと関わりがあるのだとしたら、畑小屋で寝泊まりしているわたしは目出度《めでた》いとしか言いようがない。しかし何のためにわたしみたいな者に身の危険をおかしてまでも。ところが、現に似たようなオジィのやり口を目撃している。これは動かしがたい。それに今夜は老婆のところに二人が来ている。オバァに手を引かれてオジィは部屋へ入っていった。卑猥《ひわい》な声さえ聞いてもいる。これだけ揃っていれば疑問を持ったとしても当然のことではないか。

だが、そもそもあれもこれもわたしが畑へ連れて行って欲しいと頼んだから分かったわけで、そうでなければ金を十万オジィへ渡しただけのことだった。

それを、とやかく考えてみてもしようがない。

とにかく、久し振りの休暇を自分なりにもっと楽しめばいい。


このところオジィの機嫌を損ねていることもあってか、畑小屋へは控えようと考えもしたが、なぜかふたたび泊まることにした。オジィが畑から帰る時間より早く仕事場から家へ帰り、シャワーを浴びた後、近くの電気店に立ち寄り懐中電灯にいくつかの電池を求める。久し振りの畑小屋のような気がする。真っ昼間は暑いため、オジィは四時ごろから七時ちかくまで畑にいる。最近わたしの家の近くの店にもキャベツを卸《おろ》していた。T町とわたしの家の在るM町に挟まれたN島からの人たちの住む御嶽《オン》近くの集落にいるのかもしれない。それだとそれほど遠くはない。わたしは果報をもたらすという弥勒神《ミルク》の顔をしたオジィのことを思った。オジィと知り合ったここ一ヵ月くらいはとても充実している。妻が居ないのも気にならない。むしろ戻って来なくてもいいと考えているくらいだ。妻はわたしに言っていた。貘は夢を食うといわれているが、アンタの場合はさしずめ夢という吸魂鬼《ディメンター》にやられ、過去から抜け出せず、他人には目がいく、だったら少しくらいあたしに構ってくれたっていいじゃないの、と。

どうでもいい。

オジィのことだけがわたしにとっての関心事だった。

撮《と》り忘れた旧家の石積み写真のことで出掛けたとき、空き家を改造しての民宿前ベンチで腰掛けた夫妻が、困り果てた表情で話しているのをそれとなく聞いてしまった。これがわたしのときとまったく同じだったのだ。が、金額が違っていた。診察料に、仕事を休む日数、農作物手入れ不可能のための損害額を含め何と三十万ということだった。しかし実際には二、三日後から畑へ出ている。わたしから貰った金額と合わせるとオジィは一ヵ月ちかくで四十万もの現金が入ることになる。なんのためにそのような大金を老人が……。男性の奥さんの話だと、奥さんがオジィのところへ菓子折りを持参して見舞金を三万渡したところ、笑っていて受け取らず、菓子だけ置いていきなさい、といい、数日後、自ら知り合いの司法書士くずれを従えて請求に出向いていたらしかった。学生のころ出会った女性にどこか似ている奥さんは、日に焼けた健康そうな顔で口達者に思われるのに、それよりオジィのほうが上手《うわて》といえる。

畑小屋近くのコンビニの店員に顔を覚えられたくなかったこともあって、途中のスーパーで買い出しを済ませると、バイクで畑小屋へと向かった。スーパーの駐車場に停めて仮眠をしている産婦人科医院の女の車から、フイリッピン・ミンダナオ島近くの台風十七号が、進路を、沖の鳥島付近から北東へ向けてうごきはじめている、というのを聴いていた。

あれは、絵を描《か》かなくなっていたころの、ちょうど九月に入る前の海外旅行だった。

わたしたちは駅から近いホテルをとると、バス・ステーションからバスに乗り込み、二十分くらいゆられホーワークスの村で下り、地図を頼りに雲のたれこめはじめた丘の頂上へと向かう。ティーハウスや安宿の前を通り過ぎ、二階建ての砂岩造りの暗い褐色の建物の前で立ち止まった。真ん中の玄関を挟んで左右に二つずつ、二階にもそれと同じ窓がある。入館料を払って入る。と、彼女は知っている部屋へ向かうかのように階段を上がっていく。小さな部屋へ入ると薄く目を閉じ、部屋の匂いをかいでは深く息を吸い込んだあと、寄せつけないほどの張り詰めた表情をして床を一歩一歩踏みしめる足運びで、一つしかない窓から見るべきものなどないはずの風景をいつまでも眺めている。やがてドアの傍で待っているわたしへ振り向くと歩いてきて悪戯《いたずら》っぽく額《ひたい》を合わせてこつんこつんと打っては微笑む彼女から口づけをされ、雨に濡れるうなじの匂いに懐かしい温もりを感じて肩を寄せ合い、点描のようにどこまでもつづく華やかなピンクのヒースの丘を歩いた。その二度目の旅行のあと、贅沢なスペースのアトリエに毛並みのふさふさした大きな犬とわたしたちだけの生活をおくっていた。何事も起こらない毎日だった。こんなことが永くつづきはしないという予感がないわけではなかったが、どんなに幸せだったことか。ある日のことだった。彼女が一枚の絵を壁に掛ける。それは、流氷によって打ち砕かれ、氷の中に閉じ込められた難破船の残砕を描いたものだった。緊密にして強固な構図に迫真の描写。極地の海のもつ厳しさと激しさが緊迫感をともなって、さらには傷跡からくるその魂の内面の孤独の深さを告げていて、或る種、宗教的なものさえおびている。ところが、その絵に向かう度に、激しい火照りが襲ってきては内部から破裂しそうな気分に陥り、息苦しく、今にも、あの発作の緊張へと強いられていく。わたしは悟られまいとしながらも、日がな、びっしょり汗をかいては見つめる。溶けだす流氷が足の指の間をつたっていき、部屋を満たし、胸から顎《あご》までひたひたせりあがってくると、とたん、逆巻く怒濤《どとう》に炸裂の軋《きし》みがわきあがり、はっとして目を逸らし、視線をタイトルへ焼き付ける。浮かび上がる〈希望号〉という文字がわずかに救いの鐘を響かせる。やがて、夜中に悲痛な叫びを上げるというわたしが、別れを告げ、部屋を引き払うとき、真っ白なカンバスとカンバスのあいだに、彼女が読みさしのままにした、わたしの詩集があるのを見かけた。

　信じられないという顔で両目を見開き、「なぜなの……」とつぶやいていた彼女。今でも精確な時を刻む彼女からの腕時計に目をやったあと、ハンドルを強く握る。ゆるく渦巻く水っぽい夕焼け雲のちかくで宵の明星が気持ちのいい光を放っている。畑の辺りを見回しながら歩くと気のせいか、鳳凰木の茂る畑向かい二階の窓から見られている感じにとらわれる。ときおり虫籠に補虫網を手にした双子《ふたご》の子どもたちがぬいぐるみと見まがう仔犬をしたがえ、畑小屋までやって来ては好奇心を剥《む》きだしに覗く。退屈しのぎに一人の子どもの虫籠から蝉を取り出すと、続けざまに抜き取ったティシュペーパーでくるみライターで火をつけた。たちまち炎につつまれた蝉はなん度かくっくっと身を捩ったがやがて青白い炎を放ちながら燃え尽きていった。黒い燃えかすを吹き飛ばすと、残った胸部をポイと口の中に入れる。すると、子どもたちは補虫網を放り投げ、一目散に逃げ出した。わたしは呆気にとられ立ち竦んだ。自分の子どものころを思い出してやっただけのことだったのだが、二人とも奇妙なほど恐ろしいものを見たような顔をしていた。

墓の近くに来るとエンジンを切り、坂をそのまま小屋までながす。犬は慣れていて吠えることもない。いくらか悪戯心《いたずらごころ》がもたげバイクの籠に入った懐中電灯で犬小屋を照らした。びっくりした犬がすぐさま顔を横に並べる。その顔を見つめる。

一匹足りない。

犬でも起き出すのがおっくうな場合があるのか。

バイクを小屋近くに止めようとして気づく。タンクは、グラスファイバー製で散布用の車に乗せるもの、コンクリート製円形の古びたものをそれぞれ幾つも重ねて繋げたもの、一段のものと合わせて三つある。そのうちの一段のタンクの蓋板がずれ、周りがじとじとしていて靴が汚れる。農具を洗ったのだろうか。南側の草のところまで濡れている。

辺りを見回していると気のせいか、古墓のちかくの洞窟《ガマ》を人影の動く気配がした。子どもたちがカブトムシでも探しに来ているのだろうか。オジィなら自転車が見当たらないので帰っている。小屋に入るとスーパーで求めた蝋燭《ろうそく》に、火を点《つ》ける。これでも結構な明るさになる。わたしは缶コーヒーでパンとソーセージを食べたあと、文庫本を開くと寝ころんだ。焦げくさい臭いを感じながら読んでいると、ときおりぷちぷちちいさな音がする。外からの虫が壁に当たっている。そのうち、蚕蛾《さんが》が這い、飛び込んできた胴の太い褐色の蛾が羽をばたつかせては鱗粉を散らすので、蝋燭の火に息を吹き掛け、真っ暗な部屋でじっとしていた。地虫が鳴く。昼間見た、うむまぁ木の向こうの島芭蕉に、垂れ下がった枯れ葉から野鼠がするするとあがっていき黄色くなりかけた実を齧《かじ》っているのか、ときおり闇の中でビーズのような目玉がせわしくうごく。

寝るときになると、必ずといっていいほど瞼の裏に静かにあらわれてくるいくつかのものがあった。一つは、荒れ狂った夜の海をたくさんの人が助けを求めて悲鳴を上げながら波に呑まれていくもの。

二つ目は、友だちと港ちかくで銅線の切れっぱしを拾い集めていると、隣の島からの、怖い目つきの移住者たちがポンポン船から下り、鍋釜《なべかま》、家財道具を運んでは、群れをなし、聞きなれない言葉を発しながら栈橋を歩いてくる姿。

三つ目に、可愛がっていた犬のことが……。

ごつごつした手に輪《わ》っ架《か》を握りしめる痩せた犬捕獲人《インクルサー》がリヤカーを引き、坂道を上がって来ると、申し合わせたように家々の犬が一斉に吠える。逃げ遅れたわたしの犬が捕獲されたと聞き、翌日海岸ちかくの御嶽の裏手にある広場に行く。燃える枯れ葉や木切れのなかに芋を入れているのか、くすぶる煙が風にながされてくる。目を凝らすと、煙りの向こう、繋がれた犬たちのなかに、わたしの犬がいる。ありったけの声で犬の名を呼ぶ。と、振り向き、邪魔くさい顔をしたインクルサーがスプリングシャツの袖を肩までまくり上げると、犬の眉間をゲンノウで一撃する。それを繰り返す。たちまち犬たちは、くにゃっくにゃっとくずれおれていく。堪《こら》えきれずに、友だちを振り払うと飛んで行き、炎の中の木切れを抜き取ると、インクルサー目掛けて突き刺す。食い込んだ赤い棒先にジュッという音がする。悲鳴と同時に、インクルサーの腕の内側から白い微かなけむりと肉の焦げる臭いがしたとき、ガツンと左眉に痛みを感じた。殴り飛ばされた瞬間気を失っていたのだった。起き上がって辺りを見回すと、わたしの犬も地べたに横たわっていた。

くにゃっとくずれ、ごろんと倒れていく、わたしの犬のそれが、くりかえしくりかえしスローモーションで甦る。

恐ろしさと悲しみがかわるがわる押し寄せ、神経衰弱のわたしはさらにちぢこもる。わたしを引き取ってくれていた伯父夫婦は、部屋の片隅で本を読んでは犬の死顔ばかりを描いているわたしを不安げな顔で見つめていたのだった。

　オジィはあの日のように犬を家まで連れていったのだろうか……。

　我に返ったそのとき、ぬるりとしたものがわたしの首へとびかかる。

　度肝を抜かれ、飛び上がる。

　チクリとした首根っこに手を触れる。咄嗟にポケットを探り後ずさりする。細長いものがくねる。天井からハブが落ちてきたに違いない！　からからの喉に固唾を呑み込みライターを擦る。なかなか点《つ》かない。ようやく火が点くと、恐る恐る震える手をのばし、照らす。なんと、これが、水のない甕から巻きぐせのついたホースが跳ね上がって、暗がりのわたしへ生き物のように飛び掛かっていたのだった。刃こぼれの鎌で切ったのか、尖った毒牙《どくが》のぎざぎざさえある。それがしつこくぶるしている。頭にきたわたしは裸足のまま小屋を飛び出すと塀のところまで駆けていき、今度はわたしがホースを引っ張っては横に振り揺さぶる。

「お婆、なにをば、こんなに、いたずらしている！」

　知らずにオジィの口調で叫んだ。

「アイ、お前は……あきらぁではないかぁ」老婆の声に、「違う！」と乱暴に言葉を吐いた。「あきらぁは、どこ行ったかねぇ……」弱々しい声は切羽詰まっているように聞こえる。「なんでこんなに遅いかねぇ。昨日はアレでなかったぁ」「お婆！　一体なにを待っているんですか！」

語気を強める。

「確か、この前も楽しみにしているから、と話していましたよね。なんなんですか？　わたしが伝えますから、わたしに話して下さい。さあ！」

「いいや、あきらぁしか分からんよ……」

その言葉を終いに老婆の言葉は帰って来なかった。

ホースの振動もぴたりと止む。

瘤《こぶ》の根っこに継ぎ目から進入され、いくらかぐらつくブロック塀の側で、わたしは妙な気分に陥《おち》い り、どこに行ったんですか？　居るなら顔を見せて下さい……とホースを握ったまま独り言のようにつぶやくしかなかった。


澄んだ空気の肌触りを感じぼんやりと外の風景をとらえる。寝つけず朝を迎え朦朧《もうろう》としたまま固い床の背中をずらし、視線をうむまぁ木に移す。葉を揺らしはじめたうむまぁ木に飛んでくる鳥たちがたちまち逃げるように去っていく。大人の顔ほどの葉を付ける、うむまぁ木の、うむまぁ、というのが、物思い、物煩う男のことを意味する沖縄本島の方言からきているのなら、なるほどそんなふうに見えなくもない。起き上がったわたしは甕を覗いたあとバイクに乗り、公園へ行き顔を洗うと、ベンチでコンビニからのサンドイッチと飲物で朝食をとる。外灯の支柱の周りに緑色をした甲虫が木の実みたいに上向きになってたくさん転がっている。民家からの山羊《やぎ》の鳴き声を聴きながら夕バコを吹かし、ぼんやり空を眺めていると、遠くから筋を引き飛ぶようにながれてくるふちの焼けた雲が近くの雲とくっつき合い、たちまち巨きな犬の形になって迫ってくると、どうしたことかあの詩のことが思い出されてきた。

　人を食ひに来る人や人を食ひに出掛ける人もある
　さうかとおもふと琉球には
　うむまぁ木といふ木がある

三つのフレーズが頭上を掠める雲のように現れては消えていく。

ふと、時計を見るとまだ六時五十分だった。ラジオ体操を終えた子どもたちが空き缶拾いをしていて、わたしのところへ来るので立ち上がった。公園入口のバイクへ向かっていると白と黒のぶちの仔犬が後からついてくる。わたしは小走りでバイクまでたどり着き、キーを差し込みエンジンをかけて走らせる。バックミラーを見ると仔犬が懸命に追っ掛けてくる。仔犬が見えなくなるまでスピードを上げる。やがて仔犬はバックミラーから消えてしまった。

子どものころなん度かこういうことを経験していて、その度に拾っていた。

バイクを停めると、前方に広がる田んぼを眺める。どこから飛んできたのか二羽の鷺《さぎ》がふわっと舞い降り長い脚でゆっくり歩いては空に向かって鳴き、お互い背を向けると早足で駆けて行っては振り返り、歩み寄ると、羽根をばたつかせ、嘴《くちばし》をカチカチ合わせる。これを初めて見たとき喧嘩をしているのだと驚いたものだが、今では飽きない求愛の光景だ。見ていると、突然の別れの日の、彼女の憔悴しきった顔が浮かび上がってきて、胸が痛む。出会いのころ、フリードリヒを彷彿《ほうふつ》させる寂寥感《せきりょうかん》のただよう絵を描いていた彼女はどうしているのだろう。わたしのほうからの一方的な別れではあったが、その後スランプをくぐり抜けて違った何かを掴みえただろうか。そして今でも描き続けているのだろうか。だとしたらどんな絵を描いているのだろう。小才《こさい》のきく絵描きでしかないと思うの、それだと意味ないわ、と芯《しん》のすり減った鉛筆でデッサンするみたいに話していた彼女。なめらかな言葉づかいでしなやかな身のこなしに物憂い表情を見せる彼女。薄っぺらなお喋りより沈黙を愛し、目とわずかな唇の動きでこまやかに意思を伝えかける彼女。無意識のうちに母の面影を探るわたし。時計の針をあのころに戻してもう一度やり直してみたいと思ってみても叶わぬことではあるが……。

かなり年上の、細面《ほそおもて》で白い肌の彼女にしばらく思いをめぐらしては鷺を眺めたあと、バイクに跨がると足もとへ擦り寄るものがある。

仔犬だった。

仔犬は頭を振ったり尻尾を振ったり全身で喜びを表現していてわたしの踝《くるぶし》をなめる。長い距離を走って来たにしてはまだ元気がある。思わず抱き上げる。今度は鼻や頰《ほお》をなめてくる。わたしは両の耳根っこを掴み左右に揺さぶったあと、ふたたび抱きしめ、バイクの籠に入れると走らせた。流れる風景のなか、ハンドルのまえの仔犬と向き合ったままだった。ときおり車体がぐらつき頭を打ちつけると、べそをかく仔犬に笑みをもらす。

畑小屋に着くと、オジィが来ている。

オジィはわたしの腕の中の仔犬を見ると不機嫌な顔を露《あらわ》にした。

「こんな犬を連れてきて、餌はどうする！」

「でも、さいきん、二匹いなくなってるじゃないですか？」

仔犬の頭を撫でながらわたしはオジィに向かって話した。

「それにここにいる犬より可愛いし」

「顔かたちはどうでもいい。赤いインナーしか養わん！」

「あの、なんのために養っているんですか。そういえば血の味を覚えた犬はなんとかしないといかんと言っていましたよねぇ」

「アガヤ、お前がこんなことまでしつこく覚えていていちいち聞いてくる必要があるか……お前も何かに取り憑《とつ》かれているんか？　ぼくなんかの島では憑き物の子どもがいると仔犬の尻尾を切ってからに、湯飲み茶碗に溜めた生血を、大人が二人がかりで口を開けて呑ませていたが……」

びくっとしたとたんに仔犬をきつく締めたのか、悲鳴を上げた仔犬に目をむけたオジィはそれっきり話すことを止めた。

帰る間際になってようやくN島から友だちが来るから明日は泊まるな、とだけ告げるとそそくさと帰った。わたしは枝を揺らしているうむまぁ木の近くに結んだ仔犬を見ながら、拾って来たことを後悔していた。

オジィはこの前のときも、同じようなことを話していた。しかしいくらグランドゴルフが好きだといっても、老人がこんなに頻繁に行き来するものだろうか。

そのとき、あることを思いつく。


翌日わたしは午前中に畑小屋を出た。オジィと会うことはなかった。

家へ帰ると、多めのドッグフードを仔犬の容器に入れたあと、テレビを観る。なんと、台風はいつの間にか隣のN島に近づいているではないか。空を見上げる。雲のながれが速い。オバァの家近く突堤先の夫婦岩《めおといわ》のまわりを波が押し寄せては砕け散る光景が浮かぶ。遠くから聴こえてくる救急車のサイレンに、まだ幼い犬が空に向かって放つ、心を掻きむしるような啼き声がながくおをひく。大抵の犬がその音へ同じ反応をするのが不思議なことに思える。気圧のせいか、顔や首筋がねっとりした蒸し暑さにつつまれる。ときおり疾い風が首を振る扇風機へ斜め角度から入り込み、ぶおおっーと音を立てる。

四時ごろバイクに乗ると、畑小屋へ向かう。

山は鮮やかさを失い黒ずんでいる。

やがてきりりと姿を現し鎌《かま》の刃先の緊張を強いる月も、いまはただいたずらに裁断された薄地の白い布きれとして西の空の雲間に浮かんでいる。

ヘルメットがふっと浮き上がり紐が顎に食い込む。はみでた髪が耳のあたりでざわつく。風が強まり道路わきの土埃を舞い上がらせる。

民家の畑裏の、桑垣にバイクを隠し、しなるユウナやマーニの繁みを掻き分けていき、断崖の先に立った。

そこからは畑小屋が見渡せる。

いつもと違って、明るいうちからうわずったフクロウの鳴き声が聴こえる。

犬小屋からのにおいが風に乗って漂ってくる。

風が辺りの草木をざわつかせる。

畑小屋を眺めていると、コンビニ広告塔の陰から姿を見せた軽貨物車がこちらへ向かってのろのろやって来る。オジィを含めて四人が車に乗っている。畑へ進入する車の荷台には巻かれた茣蓙《こざ》に黒いものなどが無造作に乗せてあり、ガタガタ音を立てる。オジサンたちはスプリングシャツに作業ズボン、それに頭には捩じったタオルを巻き付けている。これはどう見てもグランドゴルフという出で立ちではない。助手席から降りたオジィと他のオジサンたちは小屋の東に茣蓙を敷き始める。大和墓の上の縦長が邪魔になって見えないので、目立たないように東の方へ移動して、墓と墓の間から見渡す。うむまぁ木の下に畑の畦から担いできた石を囲って竈《かまど》をつくると、オジサンの一人が車から大きな鍋《なべ》を頭から被るように運んで来て下ろすとすえつける。他のオジサンたちもそれぞれ車から袋や小間物を下ろしては茣蓙の端っこに置き、火を起こし始める。パチパチッと枯れ枝が燃え、弾けては、橙色の炎がふくれあがってゆれ、たちこめる煙がさっと辺りへ吹きながされていく。

オジィは民宿前で傷めた足が不自由なはずだがそれを感じさせない。はっきり見えないのがもどかしく、退《しりぞ》くと、双子の子どもたちがカブトムシを捕りにくる朽ち木の辺りから、気づかれないようにして下り、亀甲墓の後ろを周り、破風墓、そして、大和墓まで来て、屈んで覗く。

ここからだとはっきり見える。

墓場から斜めに射す陽に染まるオジィはときどき包丁の刃に親指の腹を立てては、さらにしゃかしゃか研《と》ぐ。空から風が木々を縫って咆哮《ほうこう》し、タンクの間に立ててあるトタン板をばたつかせ、鞭《むち》で追いつめられた犬みたいな声音を立てる。長くのびたオジィの頭影がうむまぁ木のあたりでゆれる。胸騒ぎがしてくる。オジィが大鍋をかけた竈の近くに歩み寄り声を掛けると、オジサンたちは車から下ろした幾つかのビニール袋に入ったものをまな板の近くに持ってくる。

鍋の湯気でうむまぁ木の幹がゆらゆらゆれる。

大きな薪《まき》を竈《かまど》にくべ、赤く燃える細い木切れを抜き取るオジサンの一人が叫ぶ。

「おい、インクルサー、いや、あきらぁ、よもぎ《フーチバー》はまだ来んかなあ」

ええっ！　インクルサー？　たちまちゲンノウで眉間を撃ち殺された愛犬のことが甦る。もしかして……荒い息を吐きながら、無意識のうち左眉の傷あとに触れていた。

「内地人《ナイチャー》にフーチバーと言ったが分かるかなあ」オジィが笑いながら「海近くの土地あさりが来なくなったなあと思ったら今度は金のないあんな奴らさ。あれらぁ、自分たちだけがなんでも知ってるふりしてたが、芋の葉《カンダバー》でも摘んで来られたらやっかいさいが！」と言うと、みな爆笑する。「あっさよー、腐れナイチャーたち、喜んでたよ。わたしらにも食わして下さいと言ってねぇ」

オジィはふたたびみんなを見渡しながら笑う。

一体この老人たちはなにをしようとしているのだ……。

タオル鉢巻きの一人が大げさな咳払いをすると、オジィは相手の顔を見て、隅っこから袋の端を引きずりうむまぁ木から小屋の裏に回った。

ここから犬小屋は死角になっている。

金網に爪を立てる音がする。

犬の顔が浮かぶ。

さらに破風墓の辺りへと移動していると、コンクリート蓋《ふた》を引きずる音のあと、水音がして、再び蓋の音がする。突然の強風に髪がばさつく。近くのクロトンがゆれる。ちぎれた仏桑華の赤い花びらがわたしの鳩尾《みぞおち》に張りつく。鳴いていた鶏は太陽が落ち空が厚い雨雲に覆われると静かになる。市の広報車の拡声器の警報がときおり聴こえたりまるで聴こえなかったり、どこかへ飛ばされていってはさらに渦巻いたあと返ってくる。

辺りは薄暗くなってくる。

かなり下まで枝をたれたうむまぁ木がゆれる。

車のクラクションが鳴る。

だれが来たのだろう?

わたしは隣の亀甲墓まで越えていき、袖墓から首を出す。

あの、民宿のナイチャー夫妻がそれぞれフーチバーの束を手にして笑いながら畑の畦道を歩いて来る。束ねた髪にイヤリングの男と奥さんは車座になったオジサンたちへ「沖縄の珍味を食べさせて下さい!」などと挨拶をしている。「わたしらもこれを民宿のメニューに入れようかしら。ねえ、こちらの方が長寿だというのは案外こんな食の多様性にあるのかもよ」

血の色に黒を斑《まだら》にして真冬に葉を落とすうむまぁ木の葉が風に毟《むし》られる。

考えられない……。

「どうも雲行きが怪しいですなあ。台風はどうなっていますか？　もしかして来るかも知りませんよ。しかしこんな日におつなもんですなあ。ぼくたち恵まれてるとしか」

「そうね。これだから田舎ぐらしはやめられないのよね」

バンダナを頭に結び、インドのカフタンのような服をなびかせる奥さんの甲高い声がひびく。オジサンたちは相槌《あいづち》を打ちながら、丼《どんぶり》ぢゃわんに箸を持参して来た夫妻を見てにこにこしている。ナイチャー夫妻に気を取られている間に、オジィはホースの下がる北側の塀の辺りで背伸びをしていて、麻袋《カシガー》を担ぐと西へ歩いて行き、畑から道へ上がりこちらへ向かって来る。

どこへ隠れようかと考えながら見ていると、後ろを振り向いたオジィが声を張り上げる。着物姿の老婆の手を引き、むっちりした小柄な女が歩いて来る。あの、魚の、オバァだ。老婆は杖をつき、一歩一歩、踏みしめるように歩いては立ち止まり、腰に手を当て背を伸ばすかっこうをする。カンプー頭がくずれて風にあおられた細く長い白髪が顔のまわりで渦巻き、うなじの毛は逆立つ。たちまち老婆の、あのときの声が耳の奥で反響する。

二人は道から畦へ下りて来る。

「これまではだいたい魚の頭だったけど……」

「うん。嬉しいさぁ。でも、さいきんはなん度かあってねぇ。今日もまた。これで前みたいにあればだんだんよくなるかも知れんさぁ……」

オバァと呟き込む老婆の声が聞こえる。

歩いていく老婆を凝視する。

どうも目が不自由のようだ。

「あきらぁがよくやってくれているから婆さんは幸せさねぇ」

「そうアンタもいるし」

老婆の声に勢いがある。

墓影に姿の見えなくなる二人は弾んだ声で歩いていく。

「ばあさん。塀の側の尖ったものとか円いもの、あれ、あきらぁに頼んで冬瓜《スブル》のちかくに埋めてもらおうねぇ」

「うむまぁ木にも……」

オバァと離島訛りの老婆の会話に、わたしのなかであの夜のことが再び甦ったとき、

「アイ、お前こんなところで泥棒みたいになにをばしているか！」

背後からの声にびくっとして、振り向く。

不意を突かれうろたえるわたしの前に服を濡らしたオジィが突っ立っている。

「忘れ物を取りに来たら人がたくさんいるので……」咄嗟《とっさ》の言葉にオジィは「狂《ふ》りむん。なにを遠

慮している。だあ、お前も山羊食べれ！」と言うなり、墓の間からわたしの手をぐいと引き、うむまぁ木のところへ連れて行くとオジサンたちや老婆やオバァの前で「この狂《ふ》りむんが、イヤ、この青年がさいきんから畑小屋の主《ぬし》みたいにしているからこれにも食べさせろ」と言い、背中をポンと押した。

皆が拍手で迎える。

わたしのなかの、ぴりぴりしたものがたちまち吹き飛ばされてしまい、どうなっているのかさっぱり分からないままに、戸惑いつつも、茣蓙の端っこから膝を交えることとなった。

オバァの手櫛《てぐし》で髪を整えられ、結われた髷《まげ》に銀の簪《ジーファー》を差し込まれた老婆の手拍子で謡が始まる。

ふつふつ沸騰する鍋へ塩が入れられる。

老婆は鍋に向かって手をすり合わせ、一礼する。

オバァは老婆の前におわんと箸を置く。

オジサンたちによって細かく切り刻まれた臓物が鍋に入れられる。間延びしたような老婆の単調な謡を聴いているうちにだれかが「遅いなあ。まだかなあ」と言う。はたとした老婆は首を回し遠くに視線を向けるようにして「ゆっくり。ゆっくり。楽しみながらさぁ」と掠れた声で喋るとふたたび謡いだす。俯き加減に笑うオバァのＴシャツの襟ぐりからどっしりとした乳房が見えるので思わず目を逸らす。やがて謡もいくつか終わるころ、うむまぁ木の暗がりからオジィが姿を現し麻袋をドサッと下ろすと、オジサンたちが寄ってたかって、袋から肉を取り出す。焦げたにおいのするあばら骨や肉を鉈《なた》で切り刻むと急いで鍋へ入れる。あとから大雑把に味噌が入れられる。足を引きずるオジィは「婆さんの薬、今日はコレに渡しておくからよお。家で食べれなあ」と言い、オバァへ向かってニッと笑いながらうむまぁ木の根っこに紙袋を置く。ときおり吹きつける風に島芭蕉は幹から折れ曲がり芋の葉は地に張り付く。さらに巻き上げる強風にうむまぁ木の枝がボキッと折れ、音を立て屋根に被さる。

ナイチャー夫婦が悲鳴を上げる。

竈の火が風に吹き消される。

オジサンたちは顔を見合せ竈をもう一つ小屋影につくり、頭のタオルを鍋の縁《ふち》に当てると皆で一気に移動して、ふたたび火を点けるが風が強くてうまくいかない。しばらく席を外したオジィがガスバーナーを持参してきて火力を強める。やがて旨《うま》そうなにおいがじわじわ辺りに漂う。オジィがナイチャー夫婦にフーチバーを入れるように言う。よく煮えた肉からオジィがオバァの大きなそばじゃわんに入れ、まず老婆の前へ運ぶ。「いつもありがとうね。あきらぁ」老婆は手を合わせたあと、息を吹き掛けては汁をすすりゆっくり肉を挟む。くちゃくちゃ噛みながら、いいあんばいに塩味が利いているという。みんなも顔を合わせ、自分のちゃわんに入れて食べはじめる。

一口すすっては「フーチバーが肉になじんでいいにおいさぁ」「あっさ、やわらかくておいしいことよぉ」「はあぁ、命薬《ヌチグスイ》やっさあ！」と口々に同じことをいう。食べているうちにも風がさらに増してくるので、それぞれが肉汁持参で小屋へ入る。首を振り振り、すすっては食べ、すすってはあばらをしゃぶり、すすっては肉をつっつく。口をもごもごさせるオジサンたちは、やわらかい皮つき肉や肝《きも》、あばら、陰嚢《フグィ》などに、久し振りのヒージャー三昧《ざんまい》だと、幸せそうに笑っては舌づつみを打ち、箸を動かす。床や壁で、首ののびたながい影が踊る。

気掛かりな風の動きに外を見たあと、「ゲートボールどうでした?」と語りかける。「N島から来たんでしょ?」

オジサンたちは顔を見合わす。

そのうちの一人が「N島ではあるんだが戦後ここの島に移民で来ているさ。ぼくたち歳とってもあんな遊びをやる暇なんかないさ……」とぶっきらぼうな口調で答える。

わたしはオジィを見る。

オジィは知らん振りをして弥勒の顔で老婆へ語りかけている。

「オジィとはどういう関係で?」

知っていながらナイチャー夫妻へ低声《こごえ》で話し掛ける。

「いやねぇ、妻の飼っている犬が叔父さんを怪我させてしまって……ところが叔父さんが見舞金というか、いや賠償金を五万値引きしてくれてというか……そのうえ山羊肉を御馳走するというものだからこいつとこうして……」

薄い口髭《くちひげ》を撫でながら喋る髪を束ねた男の声は、来たときよりいくらか沈んだものになっていく。

オジィは太い足をさすり、上半身をゆする。

風がひゅうひゅう唸って節穴から吹き込んでくる。

暗くなった小屋にオジサンたちが持って来た懐中電灯を梁の錆びた釘に吊るしているが、電池が切れているのかなかなか点かないので代わりにわたしのものを取り出して、スイチを入れる。

周りがパッと明るくなる。

老婆へそっと視線を向ける。

老婆の手の甲には藍色の中途半端な入れ墨《ティツキ》があり、着物の袖からのぞく腕は細い血管が青黒く浮きでて疣《いぼ》で盛りあがったかさかさの皮膚は日照りの川床《かわどこ》のようにひびわれており、白濁した瞳のまわりはしわで刻まれ、おちくぼんだ頬の深いしわに口もとのしわがつながり顔全体がくちゃくちゃになっていて、歯は一本もない。

九十は過ぎている。

老婆を見た後だとオジサンたちやオジィがやたら若く見える。

おわんを口へちかずけ、汁をすすろうとすると、壁の隙間から入ってくる風の音があちこちから聴こえるので気になる。くるくるうごいていたスーパーのビニール袋がいつしか風を孕《はら》み、舞い上がってはＵＦＯ風船のように外へ飛んでいくのに目を奪われる。さらに吹き返された新聞紙が、軒下の辺りでひっかかる。重ねられた新聞紙ちかくの鍋に残りのあばら骨がある。オジサンたちへの手土産《てみやげ》かもしれない。ふと、吹き荒れる風に怯える犬の啼き声を聴いた気がした。そういえば犬たちはまだ餌を食ってないはずだ。わたしは口へ付けたおわんを茣蓙に下ろすと、スリッパを履き外へ出た。麻袋近くの小鍋を両手で持ち上げ、うむまぁ木を回った。とたん、張手を食らわす突風に二三歩退く。首をちぢめると犬小屋まで一気に駆けた。前屈みになって肉の入った鍋を置く。金網をひっかく音がいつもよりひどい。よっぽど腹を空かしていたんだ。ところが様子がおかしい。眼窩《がんか》から飛び出すかのように目を異様に光らせ犬たちが、小屋の中を切れ切れの息で駆け回っては金網を突き破る勢いで激突する。

どうしたというのだ！

そのとき、瞬時に、フィリッピンでのことが脳裏を掠めた。

わたしと彼女は外国へ行くと、必ず市場を回った。そこに売られている物などから、人々の生《なま》の生活が掴めるからだ。市場で数匹の犬が首に縄をかけられている。その前を紙包みを抱えた婦人が通り過ぎたときのことだった。犬たちがとつぜん怯え、発狂しそうな目つきで抜けるくらいに毛を逆立てては震え、絶望的な啼き声を喉から絞り出す。見たことのない形相なのでランニングシャツの太った市場の男に訊ねる。「ＡＳＯ《アソ》！」声が返ってくる。首を傾げると、通訳から耳打ちされた彼女が、しがみついた腕に骨ばった指先の固い爪をくいこませ、「犬よ!! 犬の肉なの!!」と答えた。

身体じゅうの毛穴がきゅっと引き締まる。

鍋の骨つき肉を見る。

あのときの、水の音、荒い鼻息……麻袋に入れたまま溺死させるやり方だったのだ。心臓が破れるくらい打ち、寒気が背筋を疾しる。殺していたんだ。犬を食っていたんだ……。おぞましさに身を縮めたとたん、胃の底から喉を突き抜ける吐瀉物《としゃぶつ》が犬にひっかかる。

一瞬のうちに疲労が波のごとくどっと全身にひろがる。

鍋を掴むと走る。

子どもたちは見ていたんだ……。

降りだした雨が、うむまぁ木の葉に荒く弾ける。

肩をすぼめ、うむまぁ木を曲がる。と、とんできたうむまぁ木の葉が顔にぺたっと張りつくので、左右に顔を振ったとき、根っこに躓《つまず》いて鍋を転がした。

肉骨が散乱する。

オジィやオジサンたちが軒下に来てわたしを見つめる。起き上がろうとして腹部に触れる紙袋を持ち上げる。ごろっと落ちたものがガスボンベの近くにころがる。焦げた犬の首が目の前にある。それも白目を剥き出しにした犬が。自分の見ているものが信じられなかった。心臓が凍りつき、思わずかに目をそむけたとき、ふたたび嘔吐《おうと》する。手の甲でねばつく口もとを拭う。立ち上がった奥さんは、地団駄踏《じだんだふ》み、ヒステリックな金切り声の悲鳴を上げて喚き、喉の奥に指を突っ込んでは胃の中が空になるまで吐き続けてくずれる。抱き抱えるナイチャーの男は蒼《あお》ざめた顔で頬をわなわなさせ、爆発させかねない目でオジィを睨み、口汚く罵ると壁を立て続けに足蹴りにして唾を吐き、二人して打ちしだく雨風の暗がりへと出て行った。

雨脚が犬の頭で弾ける。

風に軋む小屋へ濡れた身体で踏み入ると、昂る気持ちを抑える。

「あんたたち、ど、どうして、こんな酷《むご》いことをするんですか」

オジサンたちは顔を見合せる。

オジィはわたしを見て笑う。

「お前は、戦後生まれだろう。だからさぁ。戦地の南方ではみんな食べてたさ。あっちではもともと食べるために養っている。子どももたくさん産むし。ぼくらの島でも食べてきてがいる。だれが食べてイカンと決めたかぁ。こっちの人たちも食べてなかった振りしているが食い物がない時代はみんな食べてたんだよ。アイ、鼠でも人間でも食べるんだよ！　食べてがきている……軟弱者《ダャー》が出てきて、あっさ、この狂《ふ》りむんは。犬くらいで……」

「でも、今はそんな時代ではないでしょ!!　それに犬は……」

いきり立ち、全身に火の付いたわたしが凶暴な空気を漂わせ、オジィへ向かって足を踏み出したときだった。

「にいさん、あきらぁを責めるなぁ……」

老婆がぜえぜえ震える呼吸音を混じらせ話す。

「悪いのはウチさぁ……」

老婆はわたしへ目を向ける。

「ウチが目をわずらっているもんだから……よしこーは大きな魚の頭、あきらぁはアカインナーの頭を持ってきてくれてるさぁ。したらウチはこれの目ん玉を食べてからに……アンタなんか若いもんは迷信だとバカにするかも分からんが……昔、目の悪い人が目ん玉を千個食べたら見えるようになったことがあってねぇ。はあ、そしたらこれらは、イヤ、はじめはあきらぁだけど、ウチが治るまで食べさせようと言ってからに。これがまた食べているとだんだんよくなっていくみたいで……ねぇ、アンタも分かるでしょ。これらはなんにも悪いことはしてないよ」

いったん話を中断させた老婆は白目をくるっくるっとさせ、痰《たん》をごろごろ鳴らしては苦しそうな息づかいでふたたび声を絞りだす。

「これだけではないよぉ、にいさん。幽霊《マジムン》の噂で立ち退きのウチに、はーっさ、お金をたくさんくれるから、なんでねぇと聞くと、二人とも親に孝行できなかったからといってねぇ……。だからさあ、だからウチはこれらを、ほんとうの子どもみたいに、いいや、神様みたいにも思っているさあ。ウチが百歳まで生きて目が見えるようになったら、ウチは真っ先にあきらぁとよしこーの顔を拝《おが》むんだよ。ウチのこれ、やがて、やがて見えるようになるはずだからよぉ、にいさん……」

老婆は目頭をおさえ精一杯腰を折っては哀願する。

いくらか察していたこととはいえ、複雑な気持ちで二人へ視線を向ける。

うろたえるオバァはわたしの視線から逃れるように頭を垂れる。

オジィは俯くだけのオバァの表情を窺《うかが》い、困惑顔のあと、申し訳なさそうな態度に変わる。狂《ふ》りむん、とか言っていた勢いはなく、しゅんとして縮こまる。

オジィがオジィでなくなる。

オジィはわたしを上目遣いで見つめ返しては、俯いたままのオバァへこそこそ話しかける。返ってくるしどろもどろの言葉尻からして、やはり、オバァがオジィを一年前から誑《たぶら》かしていたのが分かる。

よくよく見ると、これが、オジィよりずっと若い。

まったく、みくびるどころではない、老人たちのこのしたたかさには舌を巻く。

今どき、こんな当たり屋など聞いたこともないが、老婆の話を信じるならば二人のこれまでのことをとやかく言えない雰囲気にとらわれる。親孝行というとどかぬ言葉にも弱い。夜ごとこむらがえりを引き起こさせる赤紫色の悪夢。父が留守がちなためいつも母の着物のたもとにぶら下がってはついてまわる。女中たちからは馬の子《ウマヌファ》と冷やかされた。正月まえ、首里の酒屋へ出向いた父へ会いに行っての帰り、あと一時間で船が港に着くというとき、御神崎《ウガンザキ》沖に差しかかる。と、波はこれまでと違った乱れかたで形を変えては迫る。よろめくわたしは窓に張り付く。高くはれる波頭に船が乗り上げる。とたん、地滑りみたいにたくさんの人が船室の後部へ転がりかさなる。さらに黒い山のようにもりあがる大波が押し寄せると、持ち上げられる船が、襲いかかってくる突風の横波に直撃され、破壊音を立てて転覆。荒れ狂う暗い波間を浮き沈みしては呑まれていく人たち。板ぎれにしがみついたわたしは何も分からなくなった。助かったのはわたしを含めてたった六人で、両親は亡くなっていた。

だからあのころ、わたしにとって犬は単なるペットではなく、友だち以上の特別のものだった。それが、よもやあんなにもたやすく殺されようとは。ぽっかり開いた口からのぞく、歯を染めた恐怖の血のにおい。肢《あし》を引きつらせて息絶える犬を抱き上げると、ぬれた鼻先に頬を擦りつけ震える呼吸をくりかえしては溢れでる涙をぬぐった日。村から村へとインクルサーを捜し歩いた、カバンの中の、教科書に挟まった包丁の、木の柄のあの感触……。

絶叫にちかい泣き声が身体の奥からわきあがってきて、荒々しく乾いた風がわたしのまわりでうずまき、眉間にズンとした痛みがはしる。押し寄せてくる悲しみの波が胸をきりきりしぼりあげていき、鼻孔をひくひくさせ身震いしながら浅く速く奥まで吸い込む息を、握りしめた両手をゆるめてしずかに吐き出し、しばらく間をおく。オジィにはそのこと、右腕の火傷の跡を確かめ、わたしの犬のことをも明らかにしたいことが残ってはいるが……まったくとんだことに巻き込まれたものだ。それにしても人一人が生きていくだけでもたいへんな世の中なのに、やがて百歳にもなろうという老婆が。いつか旧家近くから列をなしてやってきた生り年《マリドゥシ》を迎えた、赤い風車を子どものように振るお婆さんとはなんという違いだ……。

長い沈黙がつづく。

渇いた唇を舌先で湿らせ溜まった唾液を呑み込む。

一瞬、途絶えたかに思えた風はますます激しさを増してくる。

風の音を聴いているうち、どういうわけか、台風の去った後の贈り物である、マンゴーや釈迦頭《しゃかとう》の実を拾い集めて歩いたときの、あの、からっとした妙に明るい解放感さえする。もう、わたしの言っていることすべてがどうでもいいことに思えてくる。風は濡れた電線に当たって、切れぎれに飛ばされては、くっつき合ってねじれ、ひっくりかえされ、後からの強風に巻き上げられると、さらに巨《おお》きくふくらんだものとなって、ごごおぅと吹きつけてきては、ばばっどどっと押され、口の空いた古墓や洞窟へ吸い込まれていき、吐き出される風音は、さながら、この世ともあの世ともつかぬ人たちの生々しい悲鳴にも叫びにも似た唸りをあげる。オジサンたちはなにがなにか分からないという顔付きをしてわたしを見てはどんぶりの犬汁に視線を落とす。がらがらと石垣の崩れる音が近くできこえる。強く吹き出した風にうむまぁ木の太い枝が折れ、犬小屋で激しい物音がする。やがて畑の中を駆け回るいつもと声音の違った啼き声がしだいに近づき、口に黒いものをくわえた犬や牙《きば》を光らせた犬が荒々しく芋畑を駆け抜けると、オジサンたち三人もあわてて逃げ出した。わたしとオジィの視線が合ったそのとき、大きなフクロウが小屋の中を旋回してきて老婆の頭に止まり、琥珀色《こはくいろ》の目玉でわたしたちをぎょろっと見渡したあと、一啼きして、古墓の辺りへと飛んでいった。と、突然、凄まじい音がしてうむまぁ木が小屋に倒れ、わたしたちは押しつぶされてしまった。わずかな土間の隙間に、老婆とオバァにオジィ、それにわたしの四人が転がった懐中電灯に照らされている。どうもがいてもぺしゃんこになった小屋から出られない。老婆は神女《ツカサ》が願い事《ニンガイグトゥ》をするときの口ごもった調子でつぶやく。お互いの身の安全は確認できたものの身動きがとれない。顔を見合わせている間にも頭上を風が吹き荒れ冬瓜《スブル》がトタンの上を転がっていく。剥がれたトタンが舞い上がると凄い勢いで大和墓のタッチューに当たってひん曲がる。突風の起きるたびに風はさらに勢力を増していく。ふたたび激しい突風が立て続けに起き、うむまぁ木がぐらぐらっと回転、次の瞬間、鈍い破壊音がして、とたん洪水のような水がどっと押し寄せ、木がゆらぐ。持ち上げられた小屋のままわたしたちは流される。びしょ濡れのまま辺りを見回したとき、さらに老婆の家の屋上のタンクが落ちてきてブロック塀を倒壊すると、腕に絡まっていた臍《へそ》の緒のようなホースがするするっと動き、引きずられる。その勢いで傍《そば》の三人もいくらか動きだす。トタンを払いのけ、やっとのこと抜け出る。吹きつける風雨に思わず目をつむる。老婆はしきりにつぶやく。虚ろな目で抱き合うオバァやオジィに、うむまぁ木がからみつき、そのむきだしの枝に、吹き飛ばされてきた犬の頭蓋骨がたくさんの白い花を咲かせる。抜け出せずにいる老婆たちに、助けを求めに行くから、と大声をだし、畑を駆け、突風に身体を捩じられ後ろ向きになったとき、どこから出てきたか、泥水の中からにょろにょろっとのびてきた手が振られ、

「お〜い、赤ピ〜ポ〜、あれ〜、来させるなよぉ〜」と、弱々しく叫ぶ。

無邪気ともとれるその惚けた口調に、思わず笑いがこみ上げる。

吹き殴る風に飛ばされてくるちっさな葉が顔にぴしぴし張りつく。風が唸り渦巻く。身を屈め走りだす。と、風にゆさぶられる鳳凰木の向こう、微かな豆電球の灯る畑向かいの二階の窓を二つのちいさな人影がよぎる。やがて玄関の壁灯が点き、ドアが開くと、眩しい光の中から仔犬の啼き声とともに数人のひとたちが現れた。

＊文中における詩は「山之口貘全集・第一巻全詩集（思潮社刊）」『世はさまざま』より引用。

〈初出〉

犬撃《う》ち　２００１年３月15日脱稿（２０１３・８月27日～９月26日までの24回連載　八重山日報）第19回織田作之助賞・最終候補作品

黒芙蓉《こくふよう》　２０００年３月15日脱稿（「県内作家シリーズ」として沖縄タイムス夕刊に２００８・７月１日～８月８日までの32回連載）

山羊《ピビジャ》パラダイス　２０１１年５月20日脱稿（２０１２・２月14日～３月10日までの21回連載　八重山日報）

石《たま》、放つ　２００３年２月20日脱稿（２００９・８月25日～９月８日までの15回連載　八重山日報）

猋風《ひょうふう》　２００２年４月12日脱稿（２０１１・12月14日～２０１２・２月29日までの29回連載　八重山日報「ドッグ・トリップ」を改題）

＊本書収録の作品中、一部、差別的と思われる表現がありますが、作品の時代背景を考慮し、そのままにいたしました。

あとがき

あるパーティーで、久し振りに同人誌のメンバーであった方と会ったとき、「あと十年は書くつもりです」と話すと、「君は九十まで書き続けねばならない！」という返事が。

意外だった。

一瞬、気が遠くなるのを感じた。

実は父が六十一歳で亡くなっているので、その父の歳《とし》に近づいてくるのを何時《いつ》も意識していた。その間、五十代の終わりごろから、緑内障《りょくないしょう》治療のため那覇へ通っていたのだ。夜盲症の父も四十代から視力が衰えて五十三歳ではもう仕事をしていなかった。

だから、持てる力以上に集中してきたつもりだった。

六十九歳となった今、わたしの脳裏を様々なことが駆けめぐる。もしも母の血を多く受け継いでいるのなら、母とおなじ八十五歳まで生かせて欲しいと祈ることすら多くなってきた。これまで、私小説まがいな作品において、触れてはいけない母の秘密をあばきたて、愛憎《あいぞう》を露《あら》わにしてきたわたしがそのように考えるのはおかしいだろうか。

ところがその年齢《とし》にならなければ分からないこともある。書き始めるのも他人《ひと》より遅れた。書くことだけではない、小学生のころからずっと何事につけ晩生《おくて》であったわたしだからなおさらのことだ。

ここ数年来、〈作家はどこからやって来るのだろうか？　子供のころの読書と想像力がどのように混じり合い、幼くして味わった幸せと悲しみがどのように結びついて作家が生み出されるのか〉、というジョン・クルカ、ナタリー・ダンフォードの言葉が機会ある毎《ごと》によみがえる。

わたしは何故《なぜ》それほどまで物語を編《あ》むことにこだわり続けたのだろう。子どものころに遡《さかのぼ》れば、表現者になるべくしてなってきた気がしないでもない。とはいっても職業作家みたいな大袈裟《おおげさ》なものではない。

本書に収められた、「犬撃《う》ち」、「黒芙蓉《こくふよう》」、「山羊《ピピジャ》パラダイス」、「石《たま》、放つ」、「猋風《ひょうふう》」、は、一作を除き、五十一歳から五十五歳までの四年間に書き上げたものになる。

二十四年ほど前の、失業中のときのこと。県紙に載《の》ったわたしの四十二歳の作品、「鳳仙花《ほうせんか》」を帰郷の機内で読んだといって丁重な手紙を下さり、その後もずっと感想やアドバイスを与えつづけてくれた詩人の八重洋一郎さんへ感謝を申し上げる。

これまで島で創作活動を続けてきた多くの先輩方のように四十代の半ばを境に創作意欲が衰退しなかったのは洋一郎さんのおかげである。

他にもたくさんの方にお世話になっているが、エッセイ集を含めて十冊分すべての推敲を終えたので、これから順次に触れていきたい。

絶えず、父のように、ある日、突然、目が見えなくなっていくかもしれない、という失明の恐怖と戦いながら書いてこれ、なおかつ手直しが出来たことは幸運だったといえる。

恥ずかしいことだが、小学、中学、高校と勉強らしい勉強をした記憶がほとんどない。学校から帰ると町なかをほっつき歩くことをくり返していた。映画館のポスターとか、小さな工場で働く人たちを視ているのが好きだった。当然のこと成績はふるわない。もっともわたし自身が学校でのことなど関心なかった。野山へ行って昆虫や小動物を見たり、夕焼け雲の彩《いろど》りの下に浮かぶ離島の島々や海を眺めながらぼんやりしているほうが性に合っていた。

そのようなわたしだったが、二十代の終わりごろから少しずつ本を読むようになった。

おのずと友だちも変わっていく。

やがて書く喜びを覚える。

わたしに他の人よりいくらかましなところがあるとすれば、人一倍、感受性が強かったことだったと思う。気づかれないようコントロールしていたものが、あるとき逆転する。これこそがわたしの武器になる。そのわずかなものを大切に研ぎ澄ませつつ、自らの可能性を信じて一心不乱《いっしんふらん》に駆け抜けて来た気もする。

目を瞑《つむ》ると、わたしを二十歳まで育《はぐく》んだ、字《あざ》、大川《フーガー》、マフタネー（農村集落）のたくさんの人たちの顔が掠《かす》めていく。あなたたちからたくさん創作の力をもらい作品にすることが出来た。ありがとう。でも、ほとんどこの世にいないのが寂しい。もっと早く作品集が出せていたならばと、こみ上げるものがある。

最後になったが、世渡り下手で、そのうえまるで家庭的ではなかったわたしを陰ながら見守り、書くことをいつも支えてくれた妻へ、この拙《つたな》い作品集を捧げる。

わたしは今、万感の思いを込め、本作品集『猋風《ひょうふう》』を改めて世に問う。

二〇一八年七月一日記す

竹本真雄（たけもとしんゆう）**プロフィル**

一九四八年沖縄県石垣島生まれ。八重山農林高校卒。一九七八年、新たにスタートした八重山毎日新聞「日曜随筆」執筆。八二年八重山毎日新聞新年号に短編小説「少年よ、夏の向こうへ走れ」を見開き一挙掲載。八八年同人誌「薔薇薔薇」編集人。九一年「鳳仙花《ほうせんか》」で第18回琉球新報短編小説賞佳作。九九年「燠火《おきび》」で第25回新沖縄文学賞受賞。二〇〇〇年他人名義の「大濱永丞私史─八重山『濱の湯』の昭和─」が第3回日本自費出版文化大賞受賞。〇二年「犬撃《う》ち」が第19回織田作之助賞最終候補に。〇八年沖縄タイムス夕刊に〝県内作家シリーズ〟として「黒芙蓉《こくふよう》」を連載。

その後、地元の新聞八重山日報で数多くの小説や、脈々と受け継がれる八重山人《ヤイマピトゥ》の雰囲気《フンギ》や気質、あるいは〝合衆国〟といわれる石垣島の人間模様を、さまざまな角度から照射を試みるエッセイを立て続けに発表していたものの沈黙。一四年以降、手作り小冊子に載せた作品を数人の読者へ配布。

二〇一五年『燠火《おきび》／鱗啾《りんしゅう》』が〝タイムス文芸叢書〟として沖縄タイムス社から。

飆《ひょう》風《ふう》

竹本真雄《たけもとしんゆう》

2018年7月15日　初版発行

発行人●竹本真雄

発売元●沖縄タイムス社出版部

〒900-8678　沖縄県那覇市久茂地 2-2-2

電話 098-860-3591　ＦＡＸ 098-860-3830

印刷所●アイドマ印刷

表紙絵●大浜英治

ISBN978-4-87127-648-1　C0093

タイムス文芸叢書　シリーズ

新沖縄文学賞（主催：沖縄タイムス社）の40周年を記念してシリーズ化。すべて本体価格700円。

インターフォン　松田良孝　２０１５年１月23日刊行
第40回新沖縄文学賞受賞作ほか、「受賞エッセー・巻き尺とフィリピン」収録

アイスバー・ガール　赤星十四三　２０１５年３月23日刊行
第30回新沖縄文学賞受賞作ほか、「テレビシンドローム」収録

燠火《おきび》／鱗啾《りんしゅう》　竹本真雄　２０１５年８月２日刊行
第25回新沖縄文学賞受賞作「燠火」と、「鱗啾」を収録

父の手作りの小箱　長嶺幸子　２０１６年１月19日刊行
第41回新沖縄文学賞受賞作ほか、「美乃利の季節」「受賞エッセー・尊厳と絆をテーマに」収録

バッドデイ　黒ひょう　２０１６年１月19日刊行
第41回新沖縄文学賞受賞作ほか、「魂り場」「受賞エッセー・ネコの魔法」収録

母、狂う　玉代勢章　２０１６年７月21日刊行
第29回新沖縄文学賞受賞作ほか、「瑠璃子ちゃんがいなくなって」「遺された油絵」ほか収録

カラハーイ　梓弓　２０１７年１月17日刊行
第41回新沖縄文学賞受賞作ほか、「ワールズ・エンド・ガールフレンド」収録

Summer Vacation　儀保佑輔　２０１８年２月７日刊行
第42回新沖縄文学賞受賞作ほか、「断絶の音楽（第40回新沖縄文学賞佳作）」を収録